ハーレクイン文庫

甘い果実

ペニー・ジョーダン

田村たつ子 訳

JN053941

HARLEQUIN
BUNKO

TOO SHORT A BLESSING

by Penny Jordan

Published by Harlequin Japan, a Division of K.K. HarperCollins Japan, 2024

甘い果実

◆主要登場人物

サラ・バークレイ……………元秘書。
サム……………………………サラの兄。
ホリー…………………………サムの妻。故人。
カーリー………………………サムとホリーの娘。
リック…………………………サムの親友。サラの婚約者。故人。
ジョナス・チェスニー………大地主。農場経営者。
バネッサ………………………ジョナスの義理の妹。
ウェイン・ハウスレー………交通事故の加害者。

1

玄関のドアを開けて中に入ったとたん、サラ・バークレイは兄の雰囲気にそれまでと違う何かを感じ取った。二週間前はむっつりとふさぎ込んでいたのに、今目の前にいる兄は昔の明るさを取り戻している。「なんとか荒馬を乗りこなせるようになったかい？」サムは妹のスーツケースを受け取りに車椅子で近づいてきた。

「完璧《かんぺき》とはいえないけれど、ほぼ手なずけたと思うわ」

問題の荒馬とは、兄が今回思いきって購入した最新型のパソコンで、サラはこの二週間、その複雑な機械の扱い方を兄の代わりに勉強してきたのだった。基本的な機能に加えて、世界的な規模の情報バンクに接続できる最新鋭のタイプで、これさえ使いこなせれば、居ながらにして世界各国の経済情報をつかむことが可能になる。あの恐ろしい事故で妻のホリーと親友のリックを――彼はサラの婚約者でもあった――さらに彼自身の足の自由を奪われるまで、サムは将来を嘱望された若手の証券マンだった。

しかし今、輝かしい将来への道は閉ざされてしまった。サムは事実上車椅子なしでは十歩と歩けない。若くて元気のいい若者でさえ、猛烈な仕事のプレッシャーに三十歳で燃えつきてしまうことがあるというのが証券界だ。それほどの熾烈《しれつ》な世界で働くのは、とても無理だった。現在、サムはさまざまな経済誌に記事を書き、一方、かつて熟知していた世界について事実とフィクションを取り混ぜて一冊の本にまとめる準備をしている。

　パソコンの購入を兄に勧めたのはサラだった。妻のホリーの死後、すっかり意気消沈してしまった兄をなんとか奮い立たせようとする、それは最後の切り札だった。でも、このロンドンの家の居間に車椅子を転がしていく兄が、留守をしていた二週間のあいだに以前の彼らしさを取り戻しているのは確かなように思われた。何があったのだろう？

「カーリーは？」椅子に座り、サラは周囲を見回した。

　ホリーとリックの悲劇的な死とサムの大けが——彼らはみなそれぞれにその喪失を苦しんできた。でも考えてみれば、だれよりも大きなダメージを受けたのはまだ幼い姪《めい》のカーリーではなかったか？　一夜のうちに、彼女の小さな世界が破壊されてしまったのだから。母は死に、父は生命にかかわるほどの重傷を負った。

　事故のあと何週間かで、サラとカーリーがこれほど親密に結びつくようになったのは不思議ではない。もちろんサラはカーリーにとって必要な存在だったが、サラのほうも小さな姪が心の支えになっていることを認めていた。カーリーを守ろうという強い責任感がなかったら、あの恐ろしい日々を耐えてこられたかどうか疑わしかった。

一年半たった今でも、あの日のことは記憶の中にくっきりと刻まれている。ケンブリッジ行きの列車に間に合うように、サムとリックを車に乗せて出発したホリーの明るい笑い声も。婚約者のリックは兄の大学時代の友人で、彼とサラを引き合わせたのはもちろんサムだった。そのころサムとリックは大学の新しいパソコンコースに出席しており、サラとリックは週末をサムの家族とともに過ごしていた。リックとは、その講義が終わってから、六週間後に結婚することになっていた。出会ってからかなり長い恋愛期間があったが、サラはそのころになってもまだ愛し愛される喜びに酔いしれ、一種の恍惚《こうこつ》状態にあった。

そして、あの忌まわしい午後、一瞬のうちにサラの世界はひっくり返った。

サラはホリーの帰りが遅いことも気にしていなかった。カーリーの子守りがいるのを幸い、帰りに買い物をしてくると言っていたのだ。そういうわけで、ノックの音にドアを開けて、表情をこわばらせた警官が立っているのを見たときも、事故があったなど露ほども思い浮かばなかった。

最初、警官の言葉を何ひとつ理解することはできなかった。兄が、敬愛する美しくて陽気なホリーが、世界を生き生きと輝かせてくれた優しいリックが、死んでしまった？　まさかそんなことが……。

カーリーを抱き上げ、サラはまったく無感覚のままパトカーに乗り、病院に向かった。そこで温厚そうな看護師にカーリーを預けて示された部屋に入ると、重々しい顔つきのドクターが事情を説明し、まだ兄に面会できない理由を彼女に納得させようとした。

その後の一週間、耐え難い苦悩に満ちた日々が続いた。ホリーとリックの葬儀。彼らの家族を打ちのめしたショックと絶望。サラ、サム、カーリーの三人が取り残された。父はサラが十六歳のころ心臓発作で亡くなり、その後徐々に弱っていった母も娘が十九歳のときにこの世を去っていた。

サラは有能な秘書として働いてきたが、リックとの結婚を機に退職するつもりでいたので、今の状況で予定より早めに会社を辞めることに特に問題はなかった。事故後の数週間、サラは処理すべき雑事に忙殺された。サムの上司がやってきたとき、彼らの心配そうな問いかけの裏に冷酷な決意が隠されていることにサラは気づいた。運がよければサムは車椅子に頼ってやっていけるかもしれない。しかし熾烈な戦いの場である会社に彼のためのポストはない。

経済的に今すぐ困るというわけではなかった。当分のあいだカーリーとふたりで暮らすだけの貯金はある。お金のことでサムを煩わすのは問題外だった。生命の危険にさらされている兄に心配をかけるなどできるはずはない。サムが一命を取りとめたとわかってからも、ドクターはすぐに退院を許可しようとはしなかった。まずリハビリ・センターで機能を失った足の訓練をしなければならないし、その後も家での生活に支障がないと思われるほどに回復するまで施設に入るべきだと主張した。でもサラは兄の世話は十分にできるとドクターに保証し、実際、一日も早く兄を退院させるために努力を惜しまなかった。

葬儀が済むとホリーの両親がカーリーの養育を引き受けようと言ってきたが、たとえ彼らがどんなに孫娘を愛していたとしても、すでに引退して静かに余生を送る老夫婦であり、元気のいい五歳の女の子を育てるのは容易ではないだろう。サラは特にそう思い決めたわけでもなかったが、必然的にカーリーの母代わり、サムにとっては看護師兼アシスタントという役目を背負い込むようになっていった。そしてそのことは、ほかの何よりもサラに生きる力を与える結果となった。

この半年ほど、サムは何度となく、もっと外に出て新しい友だちを作るべきだと妹を促してきた。それが〝新しい男友だち〟という意味であることをサラは知っている。でも人生のその部分は永久に失われた。かつてリックへの愛に温められていたその部分は冷たくかじかみ、削り取られてしまった。リックの代わりを求める気持はさらさらない。心理学者たちは間違いなく、彼女の異性への無関心を愛に対する恐怖のせいだと言うだろう。愛し、再び失うことを恐れているのだと。しかし、たとえどんなに的確な分析がなされたとしてもサラの心の傷がいえるはずもなかった。リックを愛し、そして失った。二度と再び以前の自分に戻れるはずはない。そういうわけで、積極的で明るかった女の子はいくらか内向的な、太陽の光よりもひんやりした日陰を好む女性になっていた。

兄と向かい合った肘掛け椅子に座り、サラはコーヒーテーブルに広げてある一通の手紙に目をとめた。便せんの上の方に兄の弁護士の名を認め、サラはからだを硬くした。事故以来ずっと、サムの弁護士と加害者の弁護士とのあいだで話し合いが続けられてきた。

サラは今でも、ウェイン・ハウスレーのことを考えるたびに胃がよじれるような苦しみと不快な胸のむかつきを覚えるのだった。初めてウェイン・ハウスレーと会ったとき、サラは彼がだれなのか知らなかった。警官はただ、ホリーの小型シトロエンを大破させた大型車の運転手はアルコールを飲んでいたと言っただけだった。

ウェイン・ハウスレーは有名な実業家で、もちろんサラもその名を新聞などで見知っていた。ハウスレー夫妻は昼食会の帰りにその事故を起こし、車のハンドルを握っていたのはハウスレー氏だったとサムは主張したが、彼は現場に駆けつけた警官に、運転していたのは妻だったと断言した。サム以外の目撃者はいなかった。しかしもちろん、直接の被害者の証言が公平なものとして受け入れられることはない。現場に急行した警官がサムの証言を信じているのは確かだったが、現実にはミセス・ハウスレーの不注意な運転が問題となっただけで、ウェイン・ハウスレーは告発を免れた。

どちらが運転していたにせよ、賠償金の額に差が出るわけではない、と、サムの保険会社と弁護士は力説した。いずれにせよハウスレー家は多額の損害賠償金を支払わなければならないし、彼らはそれを支払えるだけの保険に加入している、というわけだった。しかし腹にすえかねるのは、ウェイン・ハウスレーが自分のしたことに対してこれっぱかりも責任を感じていないという事実だった。大型BMWを走らせていたのはウェイン・ハウスレーだったという兄の言葉をサラは信じている。厚顔無恥なあの男は、富と力が法律をもしのぐと考える典型的なワンマンタイプらしかった。

ウェイン・ハウスレーが罪を免れ、実際にアルコールを口にしていなかった妻がその罪をかぶるなんて許されることではない……。

「ハウスレーは賠償問題を示談で済ませたがっているそうだ」まゆをひそめている妹にサムは言った。「ジェンキンスはそれを受け入れたほうがいいと考えている」

サムは妹のこわばった表情を見つめ、この十八カ月間がどんなに彼女を変えてしまったかに改めて気づき、顔を曇らした。サラはかわいいタイプの女の子だった。でも今は、かすかな悲しみを漂わせた美しい女性と表現するほうがぴったりくる。以前は幸福と笑いで躍っていたブルーの瞳はかげり、とび色の髪はいくらかそのつやを失ったようだ。それに、前よりだいぶやせてしまった。サムは後ろめたさを覚えて目を落とした。彼自身の不幸を嘆くあまり、彼の悲劇が妹の悲劇でもあることをつい忘れてしまうのだった。

「午後はカーリーの世話をミセス・モーリスに頼んだ」サラのさっきの質問に答えてサムが言った。「おまえに話したいことがあったのでね」

どういうわけかサムはいつになく興奮しているように見える。面長の顔にはここ数カ月のあいだ失われていた血色が戻り、妹と同じブルーの瞳は事故以前の兄を思わせる熱意に輝いている。「これを見て」サムは椅子の後ろから雑誌を取り出した。不動産広告のページが開かれていて、見るとある物件が赤マルで囲んである。サラはその内容をゆっくりと読んだ。

〝売りたし――一エーカーの土地と家屋つき庭園を含むチューダー王朝風邸宅。第一級文化財指定構造物に要求される条件を満たす修理要〟

「ロマンチックね」サラはなにげなく言った。「でも、一風変わった広告だと思わない？」住所はドーセットのかなり田舎のほうである。子どものころその村から三十キロほどのところに住んだことがあるので、ふたりともその辺りはよく知っている。

サラは顔を上げ、兄の表情を見て目を丸くした。「兄さん、まさかこれを買うことを考えているわけじゃないでしょうね？」

「考えちゃいないさ」サムはにっと笑ってこう言った。「もう決めたんだ」妹の呆然《ぼうぜん》とした顔を見て彼は急いで説明を始めた。「反対する前にぼくの話を聞いてくれ。この代理店に先週電話を入れて、土地と家を見に行く約束をしたんだ。そのときフィル・ロバーツに頼んでいっしょに行ってもらった。覚えているだろう？　彼はケンブリッジからの友人で、今はロンドンの大手不動産会社に勤めているんだ。専門家の目で物件をチェックしてくれたんだが、彼も買い得だと言っていた。かなり荒れてはいるが基礎はしっかりしている。

しかし何よりもありがたいのは、そこにはいくつかの離れがあって、それをつなげて改築すれば車椅子で独立した生活ができる十分なスペースが確保できるってことなんだ」サムはかすかに表情を曇らした。「居間で寝るのはもううんざりだ。昔風の平屋建ての家もあまり好きになれそうもないし……」

「でもサム、そこは人里離れた田舎よ。寂しいし、荒涼としていて……」

「それこそぼくの望むところさ」サムは妹をさえぎり、きっぱりと相手の目をとらえた。「遅かれ早かれいずれは田舎に住むつもりだったが、ホリーがロンドンを気に入っていたんで……しかしもはやぼくをここに引き止めるものは何もない。最新式のパソコンがあればクロフトエンドでも十分仕事はできるさ。カーリーのためにも田舎のほうがいいと思う。そしておまえのためにも。ばらの花に囲まれた田舎の家に住むのが生涯の夢だったんじゃないのかい?」からかわれているのはわかっていたが、兄の言うことには確かな真実があった。父の仕事の関係で家族はしょっちゅう引っ越しを余儀なくされ、サラは子どものころから安定した田園生活というものにあこがれていた。

「でも一エーカーの土地なんて……」サラは疑わしげにつぶやいた。

「土地だけじゃない」サムはいたずらっぽい笑いを浮かべた。「ろば一頭、猫二匹、犬が一匹ついているんだ」妹の表情を見てサムは楽しそうに笑い出した。「それには一風変わった事情があるのさ。その家には少々頑固な老婦人が住んでいたらしい。彼女は弁護士に、動物たちの世話を引き受けてくれるひとに家を売るようにと言い遺《のこ》して死んだそうだ。それだけじゃなく、隣人には絶対に売りたくないという条件までつけた。その隣人というのは、その辺りで一番大きな屋敷を持っている男で、言ってみればクロフトエンドの大地主ってわけだ。彼はとても収益率の高い農場を経営していて、主に卸売り業者に一括販売をしている。どうやら事業拡大のために新たな牧草地を手に入れたがっているようだ」サムはさらに説明を続けた。「詳しいことはわからないが、不動産業者の話によると彼とミス・ベッツとのあいだになんらかのいさかいがあって、そのためにミス・ベッツは家も土地も彼には売らぬと条件をつけたらしい。売却益は動物保護団体に寄付されることになっているのだそうだ。いずれにせよ、その隣人は別として、あの家を買いたがっているのはぼく以外にはひとりもいない。土地は安いとはいえないし、家の修復にも相当金がかかるだろうからね。なんといっても文化財に指定された建物なんだから。でもここを売ったお金でなんとかなると思う。広い庭には野菜畑も果物の実る小さな森もある。ぼくの知る限り、おまえは常に自然の礼賛者だった、そうだろう? カーリーもきっと喜ぶさ、あのさわやかな田舎の空気……」

サムは心からクロフトエンドに行きたがっている。ほとんど必死に、と言えるくらいの熱意をサラは感じ取った。ホリーの死以来、サムが何かに熱中したのを見るのは初めてだった。彼は同じような熱意を妹の中にもかき立てようとしている。でもまだ今のところ、サラはあまりにも急な話に戸惑い、冷静な判断を下せる状態ではなかった。

しかし確かなことがひとつだけあった。サムがどこで暮らすにしても自分はいっしょに行くだろう。現在のサラにとっては兄とカーリーが唯一の生きる支えなのだ。残された三人は固く結びついた家族であって、サムが辺鄙《へんぴ》なドーセットの小村の、おそらくはかなり荒れ果てた家に住みたいというのであれば、そこが気に入ろうが気に入るまいがサラは行くだろう。

深々と息を吸い込み、サラはなんとか頼りない笑みを作った。「そこに電気があるといいけれど。さもないとせっかくのパソコンがむだになってしまうわ」

サムは笑い、手を伸ばして妹のとび色の髪をくしゃくしゃにした。「心配ご無用、電気はちゃんと引いてあるさ。おまけにガレージの中に大昔の発電機まである。あれがうまく作動するかどうかはわからないが、もしだめならばらしてからもう一度組み立ててみるつもりだ」

「ええ、部品をいくつか残して、ね？」サラは子ども時代のことを思い出してほほ笑んだ。ばらばらに解体されたラジオやテレビの部品で家のガレージはいつもいっぱいだった。サムが修理をするといつも決まって二、三の部品が残るのだが、どういうわけかすべてがもとどおりに動くようになるのだった。

「突然田舎に引っ込むのがおまえにとってたやすいことだと思ってはいない」サムは妹の

手を取り、静かに言った。「でもぼくは思考を越えたどこかで、自分が正しい選択をしているとと感じるんだ。おまえにいっしょに来てほしい、それはわかっているね？　しかしもしそれが不可能なら……カーリーとふたりで行くつもりだ」

「いっしょに行くわ」あまり深刻に響かないように声を和らげてサラは言った。「いつ引っ越すの？」

「まだ二カ月ほど先の話だ。それに関する必要な手続きの一切はフィルに任せてある。土地家屋の名義書き換えは月末に完了するが、実際に引っ越せるのはそれから二カ月ほどかかりそうだ。インテリアや家具についてはおまえに任せよう。フィルが改築プランの図面を持って今週中に来ることになっているから、それを見てから必要なものを考えればいい」

「その前にクロフトエンドに行って家を見られない？」

サムは首を横に振った。

「できれば行ってほしくないね」彼は小さく笑う。「その家の現在の状況を見たら絶対に行かないと言い出すに決まっている。とにかくおそろしくがたがただから」

「動物たちはどうしているの？」

「ぼくたちが実際に移り住むまでちゃんと養ってもらっているさ。猫二匹は自由にやっているだろうし、犬はよそに預けられてて、ろばは一日二回隣のひとにえさをもらっている」

帰ってきたとたん大変なことになってしまった――サラはしばらく後、ベッドの刺子布団の下にからだを丸めながら考えていた。

サラは今ゲスト用のベッドルームを使っており、カーリーは隣の子ども部屋で眠っている。でもサムとホリーの使っていた、踊り場の向こうの主寝室はがらんとしたまま。サムは階下の、以前ダイニングルームであった部屋に特別にしつらえられたベッドで寝ている。たいていのことはひとりでできるが、階段を自力で上がるのだけは無理だった。幸い事故のけがによる神経系統の麻痺《まひ》はなかったが、何回にもわたって脚の成形手術をしたため、たとえある程度の回復は望めるにしてももともとのような脚力は望むべくもなかった。

ゆっくりと眠りの世界に引き込まれていきながら、サラは子ども時代からずっと胸にしまってきたある絵本のイメージを夢と溶け合わせた。片田舎にひっそりと建つチューダー様式のお屋敷。少女時代にひそかにはぐくんだ夢を実現する、これ以上のチャンスがあるかしら？　リックとの出会いであきらめざるを得なくなった夢――その夢は今、慰めと新しい生きがいとともに再び息をふきかえした。

でも隣に住むという男は？　年老いた女性が家と土地を売るのを拒んだほどだから、きっと強欲なえせ地主にちがいない。どんな楽園にも蛇は必ずいるものだ。サラはうとうとと、赤ら顔ででっぷりした、ウェイン・ハウスレーそっくりの無作法な男を想像した。その男もウェイン・ハウスレーのように妻に対して威張り散らしているだろうか？　おそらくそうに違いない。そういうたぐいの男たちは弱い者いじめでうさ晴らしをしているに決まっている。

深い眠りに到達する直前、彼の死以来毎晩実行している儀式として、サラは愛するリックの顔を思い浮かべた。いつものように失ったものの巨大さにおののき、乾いた目は涙を流したときよりもいっそう熱く、痛みに刺し貫かれるのだった。もしリックとの時間をもっと与えられていたら……サムにカーリーが残されたように、もし生きがいとなるリックの子を授けられていたら。もし……それは、どんな言葉より悲しい言葉。

2

「わあっ！　すごいわね、サラ叔母ちゃま？　おじいちゃまがクリスマスにくださったジグソーパズルの絵みたい」運転席から降りて脇《わき》に立ったサラに、カーリーがうれしそうに叫んだ。広い舗装道路から家の前まで続くわだちの刻まれたでこぼこ道では車が大きく左右に揺れ、こんな道を毎日のように利用するとしたらこの小さなミニクーパーのサスペンションがいつまでもつかわかったものではない、と心の中でつぶやき、サラはかすかにまゆをひそめた。サムが新しい家のすばらしさを強調するだけで、この悪路について一言も言わなかったのもうなずける。

しかし家の景観についていえばまったくカーリーの言うとおりだった。田舎風屋敷《コテージ》の白いしっくい壁と黒い梁《はり》、道沿いの花壇に咲き乱れる色とりどりの花――まさに一枚の美しい絵葉書を見るようだった。れんが敷きの細い歩道が玄関まで続き、明るい五月の陽光がひし形にはめ込まれた窓ガラスに反射してきらめいている。

サムとフィルは前日新しい家に出発し、サラはそれまでの家の掃除をして引っ越し業者に指示を与えるためにカーリーと残った。

家具類を載せたバンはまだ到着していないが、このでこぼこ道には彼らもいい顔はしないだろう。それでも、サラはこの美しい風景にはとうてい文句をつけることなどできなかった。コテージから三方に向かって、小さな森の散在する緑豊かな野原が広がり、もう一方には牧草地があって、たった今カーリーの注意を引いたろばがのんびりと草をはんでいる。牧草地の向こうには高いれんが塀があり、どうやらそれが彼らの土地と例の隣人の土地との境界線であるらしい。

コテージへの道に入る前に村を通り抜けてきたが、家からあそこまではほんの一、二キロしかなさそうだ。それにしても新しい隣人が不快な人物らしいのはなんとも残念なこと。サラは強いて隣人のことを考えまいとして小さな門を開け、カーリーのあとかられんがの小道を踏んだ。

サムは家で彼らを待ちかねており、驚いたことに、彼は車椅子から降りて立ったままふたりをホールに招き入れた。

柔らかいクリーム色の壁と黒々と露出した梁はサラを狂喜させた。石敷きの床は長い歳月にまろやかに摩滅し、光り輝いている。今はまだホールに家具ひとつ置かれていないが、サラはすぐさま、ホリーが結婚後初めてのクリスマスに買ったペルシャじゅうたんをここに敷こうと心に決めた。

細いらせん階段が二階に続き、カーリーひとりが座れるくらいのシートがついた観音開きの窓からホールに光が流れ込んでいる。

「居間はこっちだ」サムはふたりに笑いかけた。「運のいいことにすべては予定どおりに完成した。フィルの話では、間に合わせるために、先週いっぱい業者が毎晩遅くまで仕事をしてくれたそうだ。なかなかの出来栄えだと思わないか？　キッチンは見てのお楽しみ。ついでながら、お望みどおりの台所用設備が入っているよ」

キッチンに何が必要かと相談されて、サラは万一電力の供給に問題が起こった場合にも暖房と料理に困らないように、昔風の燃料式クッカーを設置するように頼んでおいた。村からも離れたコテージにはガスも引かれていないし、古い発電機を修理できるかもしれないというサムの言葉を疑うつもりはないにせよ、できればそれをあてにしなければならない状況に追い込まれたくはない。ドーセットは雪の多いことで有名だし、暖房もなし、料理用のこんろもなしで孤立したコテージに閉じ込められるのは、なんとしても避けたかった。

「業者が入って仕事を始めてから、こんなところに暖炉があったことがわかったんだ」サムが説明を続ける。「最初はれんがとしっくいボードでふさがれていたそうだ」

サムは何歩か脇に寄って立ち、サラは立派に現役にカムバックした大きな暖炉を胸をわくわくさせて見つめた。ホール同様、この部屋の壁も淡いクリーム色に塗られ、黒ずんだ梁がそのややそっけない色合いにアクセントを添えている。

広々とした居間の両側に窓があり、サラは裏に面した窓に近づいていって喜びに息をつめて外を見つめた。

れんが敷きの中庭《パティオ》の先には、咲き群れる花に縁取られたエメラルドグリーンの芝生が延び、ばらやクレマチスがからみついた、何箇所か修理が必要な格子垣が、サムの言う野菜畑や小さな果樹園を囲んでいる。

「あとでゆっくり見てまわるといい」サムは上機嫌でサラにほほ笑み、窓辺を離れた。

「さあ、ほかの部屋に案内しよう」

フィルの注意深い改装プランのおかげで、いくつかの離れ家が寄り集まっていた格好の一階部分は快適なひとつの居住空間に変容していた。そこはサムにとって居心地のいい居間兼書斎、ゆったりとしたスペースの寝室、彼専用に特別あつらえしたバスルームと、理想的な構成になっていた。

延長部分は母家に対して申し分ない角度をなしていて、サムは彼の居間のフランス式ガラス扉を開けながら、いずれ庭の舗装部分を増やして、夏のあいだ外に出て仕事ができるようにしたいと言った。

広々とした居間に加えて、母家には小ぢんまりした書斎と食堂、使いやすい広さのキッチンがあった。二階には寝室が三つ。そのうちの一室はカーリーのために子どもらしい内装で仕上げられていたが、ほかの二部屋の壁はプレーンなクリーム色に塗ってあるだけだった。階下におりてきたサラに、サラが自分の好きなように内装できるようにあえて手を加えなかったのだとサムは言った。

「すばらしい家ね、サム」サラは心からそう言った。

「あの恐ろしいでこぼこ道があってもかい？」サムは笑いながら妹をからかった。「隣の土地の所有者はあの道を舗装したかったらしいが、ミス・ベッツがうんと言わなかったと聞いている。ミス・ベッツは人嫌いで、道が悪ければ望まぬ客も来ないと主張したそうだ。ジョナス・チェスニー、っていうのは問題の隣人なんだが、彼はバイヤーがあの道を利用しにくいのでなんとか直したがっている。冬場は特にぬかるむだろうからね。あの道は彼の地所の裏手に通じているんだ」

「そう、田舎の大地主としては、彼の表玄関に客が来るのは許せないってわけね？」サラはいつにない辛辣《しんらつ》さで言った。

「そうじゃないさ」サムはいぶかしげにまゆを上げて妹を見つめた。「温室と彼の事務所が、昔家畜小屋として使われていた建物の近くにあって、たまたまあの道がそこに通じているということらしい。母家と庭園は週のうちの何日か一般に開放されているんだ。まだこの目で見てはいないが、とにかくすばらしい屋敷だという評判だ。手入れが行き届いているというからメインテナンスには相当金をかけているのだろう。ミス・ベッツの弁護士をしていたデレック・ミドルトンはその男のことをほめそやしていた。彼に言わせればジョナス・チェスニーに対するミス・ベッツの態度は不当だったことになる。どうやらある時期、チェスニー一族がこの辺りの土地を全部所有していたらしいが、ジョナス・チェスニーの伯父にあたるひとがその大半を相続税支払いのために安く売らなければならなかったみたいだ。ミドルトンはジョナスがあそこで奇跡的な成果をあげていると言っている。彼は伯父の死で外国での有望な将来を断念して帰国して、農場の仕事を引き継いで成功させた。そしてさらに所有地を広げることを考えているようだ」

「なるほど……だとしたら私たちが越してきたのをあまり喜んではいないでしょうね」サラはまたもや見ず知らずの男にいわれのない攻撃を加えた。「彼はミス・ベッツの死後、ここを二束三文で手に入れる気だったんじゃない？　ミス・ベッツの遺言の内容を知ってさぞかしがっかりしたことでしょうね」

「いったいどうしたんだ、サラ？」サムは困惑もあらわに言った。「彼と会ったこともないのになぜそんなに敵意を持つんだい？」

「そのひとがどんなタイプか、会わなくたってわかるわ」

サムはほんの少し顔を曇らし、優しく妹をたしなめた。「サラ、おまえの考えていることはわかる。でもぼくが噂《うわさ》を聞く限りでは、ウェイン・ハウスレーのような男ではない。それどころかハウスレーとは正反対のタイプだ。彼が良心のない男だったらミス・ベッツの遺言を無効にすることくらい簡単だったろう。それに今朝ここに着いたとき、隣からたまごがひとかごにミルクとパンが届いていた。彼をひと食い鬼みたいに考えるべきじゃない。これからは彼が一番近い隣人になるんだってことを忘れないことだ」サムは兄らしくそう言い、いくらか声の調子を明るくした。「芝の向こうに金魚の池があるのに気がついたかい？　あれは網か何かで覆ったほうがよさそうだ。カーリーが落ちたら大変だからね。そういえばあの子はどこにいるんだろう」

「ろばにあいさつをしに行ったわ」サラはそう言いながら辺りを見回した。「猫や犬は？」

「隣人が預かってくれている。ミス・ベッツの葬儀のあと、彼が動物たちの世話を引き受けようと申し出たそうだ」サムはふと口をつぐみ、聞き耳を立てた。「引っ越しのバンが来たようだ。彼らの指揮はおまえに任せよう。ところで、今夜フィルを食事によんであるんだが、かまわないね？」

サラはうなずいた。今回の転居に関する個人的な意見はさておき、サラはすでに兄の内部に起こりつつある変化――一種の回復――に気づいている。彼は前よりも積極的に話し、活動するようになった。この十八カ月間影をひそめていた昔のサムの復活ともいえる。サラはときどき、兄とカーリーがどんなに自分に頼っているかを思って不安を覚えることがあったが、それでもサラ自身、生きる理由として彼らの存在を必要としていた。

リックの死はサラを打ち砕いた。どちらかというと物静かだったサラはその喪失の残酷さと折り合いがつけられず、今はまったく内向的な女性になっていた。リックは活発で外向的なタイプで、サラはそんな彼を愛し、彼以外のだれひとり、何ひとつ目に入らなくなるほど一途《いちず》に恋にのめり込んだ。十八カ月たった今でも、あの生き生きしたエネルギーがこの世から消えたということがどうしても納得できかねるときがある。そしてときどき、手を伸ばせば届くくらいのところにリックが戻ってきた夢を見、そのあとの目覚めに耐え難い苦悩を味わうのだった。

このところ何度となく、家にばかり閉じこもっていないでもっと外に出るようにと、彼女自身の新しい人生を歩み始めるべきだと、サムに言われてきた。彼が新しいパートナーを見つけるようにとほのめかしているのはわかるが、リック以外の男性など欲しくはないし、今のままの生活で十分だとサラは思っている。愛し愛される家族としてサムとカーリーがいればそのほかに求めるべきものはなかった。二度と再びひとを愛したくはない――ひとを愛すればまた喪失の深い苦しみを味わうことになるのだから。そう、このままひっそりと生きてゆくのが一番いいのだ。

フィルとはこれまでも何度か会っていた。とても感じのいいひとで、人間的に彼を気に入ってさえいるけれど、もしサムがふたりのあいだを取りもつつもりなら徒労に終わるだろう。

家の外でバンのエンジンが止まり、サラはふと我にかえった。つまらぬ考えを頭から締め出せることにほっとして、サラは正面玄関に急いだ。これ以上深く心の中をせんさくしたくはない。そこは苦しみに満ちた領域。これまであまりにも多くの悲しみにさらされてきたので、もはやそうしたすべてを直視することには耐えられそうになかった。あたかも、心に深い傷を負い、そこに触れて新たな痛みを引き起こすのを恐れているかのようだった。

引っ越し業者にてきぱきと指示を与えながら、サラはときたま牧草地に目をやってカーリーの姿を確認した。子どもが無事かどうか確かめるのは最近の習慣のようになってしまった。事故のあとサラはカーリーを学校に行かせたくなかったが、大人の不安を小さな姪に伝えてはいけないと思い直して入学させていた。カーリーは学校が大好きで、サムはすでに村の学校の校長と会い、娘を夏休み以降に登校させるむね伝えてあった。それは子どもの年齢を考えれば妥当な決定だったろう。田舎の学校は、それまで姪が通っていたロンドンの学校と違って六歳の生徒をとっていないので、同じ年齢の子どもたちとやってゆくのであれば九月に入学すればちょうどよかった。

さらに、彼ら三人が水入らずで新しい田舎の環境に慣れ、落ち着くまでに、たっぷりとひと夏が与えられるのはありがたかった。再び牧草地に目をやると、カーリーは隣の所有地との境に立つ高いれんが塀を見上げているところで、サラは否応《いやおう》なしに隣に住むという男性のことを思い出した。

隣人と敵対することをもちろんサムは望んでいない。でもどういうわけか、サラは見ず知らずの農場のオーナーに反感を覚えていた。それが理不尽であるのはわかっているが、そうした感情の存在を打ち消すことはできなかった。

「もうひとつだけお話しして」小さなベッドにさらに深く潜り込みながらカーリーが甘えた。

小さなからだのどこにそんなエネルギーが潜んでいるのだろうといぶかり、サラはあきらめたようにもう一冊の絵本に手を伸ばした。大人だって目を開けているのがやっとだというのに、カーリーはまだまだ眠りそうもない。

引っ越し業者はとうの昔に走り去り、家具調度はあるべきところに収まった。サムは書斎でこれからの計画をフィルと話し合っている。食事の後片づけは彼らが引き受け、サラはカーリーを寝かしつけるという格好の口実を利用して二階に引きあげた。フィルはいいひとだけれど、彼らの会話に加わるのはなんとなく気が重い。

サラ自身、一刻も早く自分のベッドに潜り込みたかった。今日一日雑用に追われ、とても疲れた。このコテージはロンドンの兄の家よりずっと広いので、さっそく家具やカーペットをそろえる必要があるだろう。

忙しさに取り紛れ、楽しみにしていた庭の散歩もできなかった。庭造りに関して、サラはかなり専門的な知識を持っている。子どものころから庭いじりが好きで、いつも自分だけの庭を持ちたいと思っていた。でも父の仕事の関係で転勤が多く、まいた種が成長するのを見届けるまでひとところに住んだ経験はなかった。

ここの庭は自由にしていいとサムが約束してくれた。実り多い家庭菜園、果樹園で採れた果物のびん詰めやジャムやらが並ぶキッチンの棚――サラの中にはすでにそうしたイメージができあがっている。リックはよく、広い庭つきの田舎家でこまめに立ち働く主婦になりたいというサラの夢をひやかした。しかしリックの夢は都会にあり、サラは彼のために潔くその夢を捨てる気でいた。ところが皮肉なことに、今このコテージを取り囲んでいる庭は、守り、いつくしむ対象として、サラに新しい人生の目的を与えてくれている。それこそ現在の自分が何よりも必要としているものだと、ようやく眠り込んだ姪《めい》の周りに毛布を引き上げながらサラは考えていた。

自分の部屋に入り、サラは長いあいだしんと静まりかえった外の暗闇《くらやみ》を見つめていた。車一台通らず、人影ひとつなく、なんの物音もしない。すばらしい沈黙。明日の朝早く起きて庭を散策しよう。サラは突然ほとんど子どもっぽいほどの高揚感を覚え、長いあいだ忘れていた期待に心を躍らせた。

水蓮《すいれん》の大きな葉の下にオレンジ色のうろこが光った。サラは池に近づいていってかがみ込み、金魚の美しい姿を少女のような驚きで見つめた。まだ朝の六時半。サラは五時から起きている。

一刻も早く庭を見たいという気持を抑えきれず、芝が露で濡《ぬ》れているのもかまわずサラは素足のまま、木綿のナイトドレスを着替えもせずにこっそり外に抜け出した。ちょうど太陽が顔を出すところで、空はレモン色がかった淡いブルー、広い庭は平和な静寂の中にあった。

金魚が餌《えさ》を求めて水面に浮かび上がり、池の主にふさわしい冷静さでサラを観察した。サムが言ったように、カーリーの安全のためにこの池を何かで覆う必要がありそうだ。

正直なところ心のどこかで、サラは兄の独断で転居させられたことに小さな不満を抱いていた。でもこの美しい庭と魅惑的なコテージを実際に見た瞬間から、何であれ彼女をここから引き離すことはできないと感じ始めていた。いくらか自嘲《じちよう》気味にほほ笑んで立ち上がり、後ろにさがったとたん、サラは何かがっしりした温かいものにぶつかって小さく叫んだ。

「おっと、気をつけて」日焼けした、節くれ立った手に手首をつかまれ、サラは背後から聞こえた男性の声に思わずからだを震わせた。見知らぬ男から乱暴に手を振りほどき、彼女は腹立たしげに振り返った。

ほんの何センチかしか離れていなかったので、相手の顔を見るには首をかなり後ろに傾けなければならない。

そして……なんという顔！　サラの背筋に新たな戦慄《せんりつ》が走り抜けた。小麦色に日焼けした、いかにも男らしい精悍《せいかん》な顔立ち。サラはみぞおちに嫌悪に似た衝撃を覚えた。彼がだれであれ警戒しなければならない。あまりにも男っぽく、あまりにも自信たっぷりである。少々からかうような笑いを浮かべ、彼は相手の困惑に気づかぬかのようにグレイの瞳でじっとサラを見つめている。その視線は実際に肌に触れ、その部分を焦がすかのようだ。願わしい女性を見るときの男の目。サラはそのことに気づいて不安になった。赤の他人にそんなふうに見つめられるのは屈辱以外の何ものでもない。喉は怒りに引きつれる。私をあんなふうに見つめる権利など彼にはない。私はリックのもの——二度とその瞳に愛をたたえて女性を見ることのない、二度と再び戻ってくることのないリックだけのもの。

鋭い痛みに貫かれて一瞬よろめき、サラは彼の目を曇らせた思わぬ優しさに気づくまいとした。彼は手を差し伸べたが、サラは不可解な怒りと反感に震えながらその手を払いのけた。

「どうしたの？」

深い、張りつめた声で彼は言い、引っ込めようとしたサラの手首を軽くつかんだ。

突然相手の優位を悟り、サラは身を硬くする。薄い木綿のナイトドレスは衣服としての役目を十分に果たしていない。自分がどんなに場違いな格好をしているか、それまでサラは気づいていなかった。手を放すようにという無言の要求をその目にたたえて顔を上げたサラは、透けるような白い肌を無遠慮に見回している彼のまなざしと出合い、思わず頬を赤らめた。だれひとり、リックでさえ、これほどあからさまな欲望で彼女を見た者はいなかった。まるで男らしさが匂《にお》うよう——サラは激しい嫌悪感にたじろいだ。「いったいあなたはだれ？　こんなところで何をしているの？」ジーンズ、チェックのシャツの男性から目をそらしてサラはいくらかうわずった声できいた。色あせたジーンズ姿の男性のシャツのボタンはいくつか外してあり、そでは無造作に折り返してあって黒っぽい毛に覆われたたくましい腕がのぞいている。

「ぼくはここの隣に住んでいる」彼は気さくに言ってサラをまごつかせた。「あの道を歩いていて池のほとりにいる君に気がついたんで、この機会に自己紹介しておこうと思ったんだ」

その声にからかうような調子を聞き取り、サラはいっそう赤くなった。ここが外からまる見えだとは思わなかった。通りがかりのだれかにナイトドレスのまま散歩している姿を見られたかもしれない。

彼女の考えていることを見抜いたかのように、その男性は穏やかに言い添えた。「心配しなくても大丈夫。あの道はぼくの土地に通じているだけだから、朝のこんな時間に通るひとはぼく以外にはいないはずだ」

「心配なんかしていません」サラは相手のなれなれしさ、勘の鋭さにいらいらさせられた。

他人の土地に勝手に入り込んできたばかりか、考えていることまで当てるなんて、そんな権利は彼にはない。心を許したただひとりの男性はリック。そのリックが突然この世界から奪い去られたのに、この尊大で自信過剰な男が健康そのもので動きまわっている。そんな理不尽なことが……。憤りのすすり泣きが喉もとにこみ上げてきた。リックが死んでしまったのにほかの若い男たちが生きている――フィアンセの死後何週間かはことあるごとにその事実をのろってきたが、そうした気持も時の流れとともに薄れてきていた。それなのに、この男性の出現でまたあのころの感情がよみがえってくるのはなぜだろう？　相手がすぐさま手を放して立ち去ることを願い、サラは敵意を隠そうともせずにきっぱりと顔を上げた。

「あまり友好的な気分じゃないらしいね？」サラの顔に次々と浮かんでは消える表情を見守り、彼は笑いを含んだ声で言った。

「あなたが嫌いだから」サラはそっけなく言い返した。

彼は問いかけるように黒いまゆを上げた。豊かな髪も漆黒に近い。でもちょっと長すぎるわ――サラは心の中でけちをつけた。

「嫌い？　でも君はぼくを知らない、そうだろう？」

その男の上機嫌な笑いはサラのいらいらをつのらせた。

「知りたいとも思わないわ」彼女はかみ合わせた歯のあいだから陰気に言った。「この手を放してくださるとありがたいんですけれど……」

「今すぐそうする」

彼はもはや上機嫌でもなければ笑ってもいなかった。グレイの瞳には危険なきらめきがあって、彼の気質が最初にそう思ったほど穏やかではないことをはっきりと警告していた。

彼はもう一歩近づいて自由なほうの手をそっとなめらかな腕に滑らせ、池を背にしたサラは逃げ道を失って立ちつくした。羽のような愛撫《あいぶ》に震え、ゆっくりと下りてくる彼の瞳がふっと色を深めるのにサラは気がついた。

彼はキスをしようとしている――いったいどういうことが起こっているのかほとんど理解できずに、サラはぼんやりとそう考えていた。理解できぬまま、しかしそれは起こりつつあった。わずかに開いた唇はあやすように、じらすように、サラのそれに触れた。

彼を拒絶し、身を引きたかったが、どういうわけか肉体は意思に応じようとはしない。それどころか、彼女はひどく誘惑的なリードに積極的に応《こた》えていた。唇は男のぬくもりに温められてとろけ、開花し、がっしりした腕に抱きすくめられたからだに熱い血が駆け巡った。

薄いナイトドレスを通して彼の息遣いが伝わってくる。

触れ合った唇に何かをささやきながら、彼は両手でしなやかな背中をさすり、細くくびれたウエストをつかみ、腰の丸みを愛撫した。

情熱的に愛した男性はリックただひとり、めくるめく愛の歓喜を分け合いたかった男性はリックただひとり。それなのに、ふたりの愛が頂点に達してひとつに溶け合う前に彼は奪い取られてしまった。そして今、思いもかけなかったことに、サラの肉体は見ず知らずの男の中に失われたすべてを見いだそうとしていた。

彼は小さくうめき、戯れのキスは徐々に深く、徐々に攻撃的になっていった。そして彼は顔を上げ、熱に浮かされたようなブルーの瞳をじっと見下ろした。彼の目は、サラの理性は拒絶するが本能がそれと認めた欲望で深いグレイに染まっている。

「これはこれは。早起きは三文の得というが、予想をはるかに上まわる収穫だ」彼はさりげない調子で言ったけれど、その声は感情にくぐもっていた。

ショックに痺《しび》れたようになり、濡れた唇をなぞる節くれ立った指の動きを意識しながら、サラは口もきけず、ただ呆然《ぼうぜん》と彼を見つめるだけだった。彼の左手はまだしっかりと腰にまわされていて、男らしい筋肉の微妙な動きがいやでも伝わってくる。

初対面の女性にこれほど大胆な攻撃をかけてくるなんて、いったい彼はどういう男だろう？　それに、雄としての本能を隠そうともしない……。新しい隣人を好きになれそうもないという直感は当たっていた――サラは必死でその考えにしがみついた。絶対に好きになんかなれるはずはない。女性への攻撃を日常のこととしているような卑しむべき男など。

思っていることを相手にぶつけようと口を開きかけたとき、彼は唇から首すじに手を滑らせ、すべすべした肩の丸みを愛撫し、前が広く開いたナイトドレスのえりもとを押しのけて雪のように白い肩と腕とをあらわにした。

彼はまた頭を下げて輝く素肌に唇を触れ、サラは自分でも思いがけないからだの反応に震えて今しがた口にしようとした彼への非難をのみ込んだ。

彼の手はさらに下に滑っていき、薄い木綿の布地を脇に押しやって形よく盛り上がった胸を朝日にさらした。

彼は一瞬息をのみ、それまではリックの愛撫しか知らなかったふくらみをそっとたなごころに包み込んだ。ある種の緊張が彼のからだにみなぎるのが感じられる。屈辱感とも嫌悪感ともつかぬ不快なむかつきがサラを襲うが、理性と切り離された若い肉体は……胸を包む手が熱い唇に置き換えられた瞬間、サラは衝撃と歓喜のまじり合ったあえぎに息を詰めた。からだを電流のような震えが貫き、ひどく敏感な素肌を探る唇の動きはサラの全神経をうずかせた。

「だめ……やめて……お願い」

涙が頰を濡らしているのにも気づかず、サラはすすり泣くようにささやいた。

彼はゆっくりと頭を上げ、まだ濡れている胸を再びてのひらで覆った。グレイの瞳にはサラをおののかせる光が宿っている。「君が欲しい」彼はまるで、自分が現実にその言葉を口にしたことを驚いているかのようにつぶやいた。サラと同じように、彼もふたりのあいだに燃え上がった激しい炎に困惑しているように見える。ふたりのあいだに？　いや、そうではない。一方的に攻撃をかけてきたのは彼のほうなのだから。

「君が欲しい」不明瞭《ふめいりよう》な声で繰り返し、彼は落ち着きなくからだを動かした。その目はどこか遠くを見ているようにぼんやりしている。

「君が欲しい」彼はさっきより優しく言い、そっと唇を近づけてきたが、官能的な愛撫がとぎれたつかの間にサラはいくらかの正気を取り戻していた。まさかこんなことが起こるとは！　この憎むべき男に、以前はリックだけにしか許したことのない親密な愛撫を許したことに、そればかりか、少なくとも彼女の一部分が肌を伝う熱い唇の感触を喜んで受け入れたことに、サラは愕然《がくぜん》としていた。そしてもっと正直になるなら、今このときでさえ、彼のたかぶった肉体に対する強い嫌悪感の中に、深い内部にうずく彼女自身の切望が潜んでいることを認めないわけにはいかなかった。

この新しい発見にろうばいし、サラは自己嫌悪に唇をゆがめて彼から身を引いた。

彼はほとんど黒っぽく見えるグレイのまなざしでじっとサラの顔を見下ろした。まるで麻酔にかかっていたひとが徐々に覚醒していくところみたい――彼の表情をよぎるさまざまな感情を見守りながら、サラは少しばかり意地悪く考えた。

「ぼくは……」彼は頭をはっきりさせようとするかのように首を振り、何か言おうとするが、その内容がなんであれサラは聞きたくなかった。

最初のキスは、彼が男の優位を誇示するためのちょっとした示威行為にすぎなかったかもしれない。でも彼らのあいだに燃え上がった情熱的な炎がどんなものかサラは知りたくもないし、彼の説明を聞きたくもなかった。こうなった責任の一端は彼女にあると彼は考えているに違いない。サラは彼の手から逃れ、呼び戻そうとする声を無視して家に向かって走り出した。彼は追ってはこなかった。サラにはしかし、自分がほっとしているのか失望しているのかよくわからなかった。

寝室の窓からは美しい庭とその先の池が見渡せるが、サラは窓に近づこうともせずベッドの端に腰を沈め、実際に胸がむかむかしてくるほどの激しい自己嫌悪に駆られて両手で顔を覆った。いったいこの私に何が取りついてしまったのかしら？　あの男は唾棄《だき》すべきすべてを象徴しているというのに？　ウェイン・ハウスレーと同じカテゴリーに入る男。自らをすべての支配者とみなしている傲慢《ごうまん》な田舎地主。

でも、彼に抱かれたとき……。サラはぶるっとからだを震わせた。あれはただの肉体的な反応にすぎなかった。リックを失った孤独に耐えているのは心ばかりではなく、肉体もまたその喪失を悼んでいることを忘れていた。

リックと知り合うまで、サラはそれほど異性に関心があるほうではなく、ボーイフレンドからの不器用な誘いかけに乗ったこともなかった。でもリックとの場合は違っていた。ひとつには彼のほうが六歳も年上だったということもある。そしてもうひとつ、彼は同年代の男の子と違って経験豊かな大人だった。そして、まだ準備の整っていないサラに性的な関係を強要しようとはしなかった。でも彼らが婚約してからは、もしリックが望めばためらいなく彼のものになっていたという思いがサラにはあった。そうならなかったのは彼らのあいだに情熱が足りなかったというより、そのチャンスがなかったからにすぎなかった。

顔を覆っていた手を下ろして立ち上がり、サラは乱暴にナイトドレスを脱ぎ捨てて鏡の前に立った。サラは身長のわりにはほっそりしているほうだ。でも胸だけは若々しく豊かに盛り上がり、リックに初めて教えられた官能の喜びを再び味わった今、それはいつになくつややかに張りつめていた。

リックの優しい愛撫を失った寂しさのせいで見知らぬ男にあんなふうに応じてしまったのだ、と、サラは後ろめたさを覚えながら自己弁護した。

それにしても、初対面の男性に自分がどんなに積極的に応じたかを思い出して、サラは熱いものが頬にのぼってくるのを意識した。でも情熱の洪水に押し流されたのはサラひとりではない。彼も同じように理性を失っていた。彼がそうやすやすと肉体の欲望に屈する男ではないことを、サラは直観的に感じ取っている。常に自制心を失わないタイプ。彼自身を、そして彼のいる状況を常にコントロールしているタイプ。しかし確かに、あのグレイの瞳には衝撃が、かすかな当惑があった。それともあの激しさは、単純にサラの激しさに呼応しただけのものだった？

サラは不安な思いを強いて退け、新しい下着とジーンズとシャツを荒々しくつかんでバスルームに向かった。

午前七時半、間もなくカーリーも目を覚ますだろう。サムの朝食も作らなければ。今できる唯一のことは今朝の出来事を過ぎたこととして背後に押しやり、忘れてしまうこと。しかし頭でどんなに忘れようと努力しても肉体が甘美なうずきを覚えている限り、その決意にどれほどの価値があるだろう？

たとえあの情熱が、もとはといえばリックを失った悲しみに根差していたとしても、まったく面識のない他人に抵抗できなかった事実はサラの良心を苦しめた。

今の今まで喪失が肉体にもたらした悲しみを、これからの一生を愛される喜びなしに過ごそうとしていたという事実を、一度として考えたことがなかった。そして今、サラは肉体の存在を改めて浮かび上がらせたことでジョナス・チェスニーを憎んだ。

リックが死んでしまったのにあの男が生きているのは納得できない。もはやリックは恋人の中に欲望の炎をかき立てることができないのに、サラに触れ、愛撫し、彼女の肉体に熱い血潮を沸き立たせる権利などあの男にあるはずはない。ジーンズを引き上げながらサラは嗚咽《おえつ》にからだを震わせた。なんていやなやつ……なんて卑しむべき男……でももし再び彼に会ったら……いや、二度と会わないように、徹底的に彼を避けよう。今朝はまったく無防備だったけれど、これからはそうはいかない。おそらく、彼は今ごろ思わぬ勝利にほくほくしているだろう――ほんの十分ほど前に、彼の顔にも驚きが、ふたりのあいだに起こった不思議な出来事をいぶかる表情が浮かんだことを都合よく忘れ、サラは身勝手に決めつけた。

ガールハントが彼の趣味なのだろう。ハンサムだし、すばらしいからだつきをしているし……サラはそれ以上の考えを押しとどめた。ばかばかしい。確かに彼は見栄えのする男。でもそれだからといってどうだというの？　彼が大嫌いなタイプだという事実に変わりはない。

しかし、心の中のもうひとりのサラは、ひょっとしたら彼を誤解しているのかもしれない、彼はウェイン・ハウスレーのような男ではないかもしれない、とつぶやいていた。

でもそんなことはどちらでもかまいはしない。彼が生きておりリックは死んだ。そしてサラはそれだけのために彼を恨み、憎んだ。

3

その日の午前中、サラは居間の床にはいつくばり、新しいカーペットを買うために寸法を採っていた。そのとき外に車の音がし、立ち上がって窓の外を見ると、驚いたことに今朝の男がボディーにへこみのあるランドローバーから降り立つところだった。しかし幸いサムが前庭でカーリーと話しており、期せずして来客を引き止める結果になった。

彼の好奇心は、今朝早く生け垣を越えて庭に侵入してきただけでは収まらないらしい。サラは不機嫌にそう考え、急いでキッチンに入るとハンドバッグと車のキーを取り上げて裏口から外に出た。

いずれにしても外出は予定外のことではないのだと自分に言いきかせ、車のギアを入れ、ゆっくりと小道に出た。今朝サムに、空っぽの食糧品棚をいっぱいにしておかなければならないと言ったばかりである。村には小さな雑貨屋が一軒あるきりだから、買い物に行くならドーチェスターまで足をのばしたほうがいいと彼は教えてくれた。

ドーチェスターまでたっぷり三十キロはある。家に着くころには客はとうの昔に帰っているだろう。サラはうまいこと脱出できたことに気をよくしていた。永久に彼を避け続けるわけにはいかないだろうが、少なくとも、今朝の出来事がちょっとした偶発事件以外の何ものでもなかったことを彼は悟るだろう。それにしてもなんてひどい道！　数週間雨が降っていないということでからからに乾ききったでこぼこ道で、サラはうんざりとため息をついた。

太陽が高くのぼって暑くなってきた。サラは広い道路に出ると車を止め、ミニクーパーのルーフを開けた。左の方には昨日通ってきた小さな村が見え、右には……？　こんもりとした森と赤れんがの塀を、サラはまゆをひそめて見つめた。あの塀の向こうにジョナス・チェスニーの屋敷がある。どんな家かしら？　どんな家であるにせよ、そこに足を踏み入れることはないだろう。サラはきっぱりとハンドルを切り、ドーチェスターに向かった。

買い物ひとつをとっても、田舎ではロンドンよりゆっくりしたペースで進行することをサラは身をもって理解した。かなり大規模なスーパーマーケットの中でさえ、レジの女の子は顔なじみらしい客たちとのんびりおしゃべりをしている。買った品物をカートに積み、サラもゆっくりと駐車場まで押していった。慣れてしまえばこういう生活も悪くないだろう。

急いで帰る必要もないので、それから三十分ほどドーチェスターの町を散歩し、サムのために雑誌を何冊かとカーリーのために童話のCDを買った。見本帳を抱えてカーペット専門店を出、帰途についたころは昼食時間を優に過ぎていた。

冷蔵庫の中にはサラダとコールドミートが入っているはずだからサムとカーリーで適当に食べていてくれるだろう。その代わり今夜は得意の魚料理で埋め合わせができる。さっきスーパーマーケットで新鮮なサーモンを買っておいた。少し買いすぎてしまったけれど、残ったら冷凍しておけばよい。

田園地帯をドライブするうち、気温はさらに上昇していった。道路沿いの生け垣は新緑に燃え、ピンクと白の愛らしい花があちこちにかたまって咲いている。ほかに一台の車も走っておらず、風とともに、小鳥のさえずりが聞こえてきた。美しい自然の中を走りながら、サラの気持は次第にくつろいできた。落ち着いて考えてみると、ジョナス・チェスニーが来たからといってこそこそ逃げ出す必要はなかった。いったい彼に何ができただろう？　一回きりのキスにあんなに取り乱すなんて。長いあいだ男性と接していなかったので、なんでもないことに過剰に反応してしまったというだけのことかもしれない。

広い道路から家に通じるでこぼこ道に曲がるころ、サラはすっかりリラックスした気分になっていた。ところが小道に入ったとたん、道をふさぐように横ざまに止めてあったランドローバーにぶつかりそうになって、サラは慌ててブレーキを踏んだ。せっかくのくつろいだ気分も一瞬のうちに吹き飛ばされてしまった。

車を見てその持ち主がわかるほどこの土地に慣れているわけではなかったが、もちろんこのへこんだランドローバーに見覚えはある。いつもの倍くらいのスピードで心臓が高鳴り始め、サラは車を降りてつかつかとランドローバーに近づいていった。車をあんなふうに止めておくなんて、いったいどういうつもりだろう？　自分さえよければ他人に迷惑をかけても平気らしい。思慮分別というものがないのかしら？　しばらくのあいだコテージにだれも住んでいなかったので、この道を自分ひとりの所有物と考えることに慣れてしまったに違いない。個人的な恨みが義憤に油を注ぎ、サラはけんか腰でランドローバーをまわっていき、そこで見た光景にあぜんとして立ち止まった。

ジョナスが車の陰でうずくまり、ばたばたと暴れる少年をうつ伏せにして膝の上に押さえ込んでいる。サラは一瞬何がなんだかわからずに突っ立っているだけだったが、大きな手がジーンズをはいた少年のおしりに振り下ろされようとした瞬間、ふっと現実に立ち戻った。

考えたり言葉を選んだりしている暇はなかった。サラはきつい口調で「今すぐその子を放して！」と叫び、今にも少年のおしりに届こうとしていた節くれ立った手が宙で止まった。

ジョナスが苦い顔つきで振り向いたとたん、少年はその一瞬のすきに乗じてからだをくねらせて男の膝から逃れ、道沿いの茂みの中にさっと駆け込んだ。

ジョナスは小さくののしって立ち上がり、サラはこれ以上少年を追いかけさせまいと、怒りに目をきらめかせて彼の腕をつかんだ。

「まさかあの子を追いまわすつもりじゃないでしょうね？」サラは居丈高に言った。「たった今あなたのしていたこと、警察に報告するかもしれなくてよ！」

「どうぞご自由に」少しも悪びれず、ジョナスは横柄に吐き捨てた。「警察署長はさぞかし君に感謝することだろう」

なんというふてぶてしさ！　サラはいらだたしげに彼を見上げ、突然、自分がまだしっかりと彼の腕をつかんでいることに気がついた。温かくてがっしりした男らしい腕。この腕にそっと手を滑らせたらどんな感じかしら……時と場所をわきまえない衝動にしり込みし、サラは火傷《やけど》でもしたみたいにぱっとその手を放した。「どうしてあの子をぶっていたの？」その問いかけは惨めなくらい弱々しく響き、サラはそのことのために彼を恨んだ。

ジョナスは唇を不快そうにゆがめて少年が逃げ込んだ茂みに目をやった。「うちの所有地に無断で忍び込んだ」彼はサラの頬に浮かんだ憤りの色に気づき、さらに説明を加えた。「不法侵入をどうこう言っているわけじゃない。問題はこれなんだ」

ジョナスはもう一度ひざまずき、少年を懲らしめようとしていた荒々しいしぐさからは想像もつかない優しさで生い茂った草を押し分けた。

いったい何をしているのだろう？　広い肩越しにのぞき込むと、草の上にいくつかの鳥のたまごがかたまっている。

「この地域では鳥の巣を取ることは許されていない。あの子はたまたま警察署長の甥《おい》なんだ。両親が最近離婚したので、ローソン署長夫妻がしばらくのあいだあの子を預かっている。都会で生まれ育っているから田舎の生活にうまく適応できないでいるんだ。鳥の巣を盗んだのは今回が初めてじゃない。これまではそれがどんなにいけないことか話してきかせていたんだが……ぼくだって好き好んであの子にお仕置きをするわけじゃない」ジョナスは顔を曇らした。「しかしあの少年にルールは守らなければならないことを教えるべきだと思う」

「ええ、それはわかるわ」サラは硬くつぶやいた。「でもあなたはあの子の親戚《しんせき》でもなんでもないのでしょう？　なぜお仕置きを彼の叔父さんに任せないの？」

「ぼくが署長に話し、署長があの子に話すころには、彼はおそらくなんのためにしかられているのか忘れているだろう。君の意見はどうあれ、あれくらいの子どもは悪いことをしたその場でしかるべきだとぼくは思っている。あの子が鳥のたまごを盗むのを最初に見つけたとき、ぼくは彼のしていることがどういうことか説明した。それでわかってくれたらこんなことをする必要はなかったんだが」

ジョナスはサラの顔を見つめ、少々皮肉っぽくほほ笑んだ。

「ぼくがこんな話をするのは気に入らないだろうね？　君はむしろぼくのことを、子どもに体罰を加えて楽しんでいる完全な悪玉と考えていたいようだから」彼はちょっと悲しげに顔をしかめ、サラに歩み寄った。「今朝、君の中にぼくに対する敵意があるのを感じ取った……肉体的にはどうあれ。ぼくの評判は相当ひどいらしいね。会ったこともない女性に悪意を持たれるとは、悪評とは恐ろしいものだ」

何が起ころうとしているのか気づくより先に、サラは彼の腕の中にいた。頭はぼんやりとしたまま、からだだけがはっきりと覚醒《かくせい》して彼がキスしようとしていることを感じ取った。顎を支えられて否応《いやおう》なしに顔を上げ、サラは荒々しくからだを震わせた。

唇が触れ合い、心臓は早鐘のように打ち始める。

彼は懲らしめのキスをしている――さっき期せずしてその逃亡を助けた少年の代わりに。しかし何かが変化してきていた。唇は熱く、強引であったにもかかわらず、彼を駆り立てているのは怒りというより燃えるような情熱であって、とうてい信じ難いことではあったがサラはそれに応じていた。彼はふっくらした下唇に軽く歯を立て、サラの喉の奥からこもったうめき声がもれた。理性では抑制できない内部の炎を解き放とうと息を吸ったすきに、彼はかみ合わされた歯を押し開いて舌を滑り込ませた。

意思も理性も消滅し、サラはいつの間にか彼の首に腕をからませ、ふさふさした黒髪の中に指を走らせていた。

唇と唇がからみ合い、奪い合い、その官能の喜びに抵抗するのはとうてい不可能だった。

からだじゅうから力が抜け、くずおれないためには相手にしっかりしがみつくしかない。ジョナスはぴったりしたジーンズからシャツのすそを引き出し、しっとりした背中を両手でまさぐりながら小さくうめいた。

彼は長い脚を開いてランドローバーに寄りかかっていて、熱くたぎったからだにすっぽりと包み込むようにしてサラを抱き寄せた。胸を揺さぶるほどの心臓の高鳴りが伝わってくる。

ジョナスはほっそりした首すじに唇をはわせる一方、器用な手つきでシャツのボタンを外し始めた。

なんとかして彼にやめさせなければならないのはわかっているが、からだは催眠術にかかったように理性の声を無視し、サラは今起こっていることの異常さをほとんど信じることができなかった。これがほんとうに彼女自身であるはずはない。いつだれが通らないとも限らない路上に立ち、好きでもない未知の男性に半ば衣服を脱がされ、恋人同士でも恥じ入るような抱擁に身を任せている女性が。

これが夢でもなんでもなく正真正銘の事実であることをのみ込もうとする一方で、意志薄弱な肉体は絹のレースに包まれた豊満な胸を探る巧みな愛撫《あいぶ》に酔いしれていた。

サラは荒々しくあえぎ、彼の手の動きに敏感に感応して震える。胸は華奢《きゃしゃ》なブラに閉じ込められてぴんと張りつめ、首すじを伝う舌の感触にサラは本能的にからだをのけぞらせた。

彼のシャツのボタンはいくつか外されていて、サラの手はそれ自身別の生き物でもあるかのようにいつの間にかシャツの下に滑り込み、熱く燃え、汗で湿った素肌を探っている。首すじから胸もとを伝う唇は焼きごてのように白い肌に烙印《らくいん》を押し、小さなブラを押しのけて胸に触れる親指のざらざらした感触に苦しいほどの欲望がみぞおちを収縮させた。絹のブラが外されて温かく湿った口がつんと反りかえった胸の先端を含んだとき、驚きと歓喜の叫びがサラの耳に届いた。あの耳慣れぬしわがれ声はだれのものだろう……ジョナス？　それとも彼女自身の……？

こんなことが今朝初めて会った隣人とのあいだに起こるとはとても信じられない。それでもぴったりと重なり合った、あからさまに欲望を伝えてくる肉体は現実のものに違いなかった。彼の官能的な腰の動きはサラのつかの間の正気を押し流し、もどかしげに下の方へと滑ってゆく手の愛撫はそれまで経験したことのない激情を彼女の内部に呼び覚ました。もっと、もっと寄り添いたい……ふたつのからだがひとつに溶け合うまで。リックに抱かれているときもこんな気持になったことはない……リック……リック？

欲望にもうろうとした頭を現実が稲妻のように貫き通し、サラは突然怒りに駆られて彼を押しのけた。それがだれに対する怒りであるかは問題ではない。

自分たちの常軌を逸した行為に困惑し、サラは息を弾ませているジョナスにほてった顔を上げることができず、うつむいたまま震える手でシャツのボタンをはめた。どうしてこれほど破廉恥になれるのかサラにはわからない。自己嫌悪にむかむかし、屈辱感に打ちのめされて、サラはよろけるように車に向かって走った。

ジョナスの声がし、サラは振り返って叫び返した。「私に近づかないで！　聞こえて？　二度と近づかないで！」

サラは返事も待たずに車に乗り、小道を乱暴にバックさせて広い道に出て、村を通過するまで止まろうとはしなかった。しばらく走ってからようやく路肩に車を寄せてハンドルに額を当て、混乱した頭をなんとか鎮めようとしたが、再びUターンして引き返せるようになるまでたっぷり十五分は費やさなければならなかった。

ランドローバーはすでに走り去ったあとで、サムは機嫌よくサラを迎え、キッチンで買い物袋から食料品を出すのを手伝った。サラは自分がぴりぴりと張りつめているのを意識していて、そのことについて兄に何か言われるのではないかとびくびくしていたが、幸い彼は何も言わず、サーモンの包みを冷蔵庫にしまいながらこう言ってサラを驚かせた。

「ちょうどよかった。今夜はサーモン料理だね？　おまえに相談せずに決めて悪かったが、夕食にジョナスとバネッサをよんだんだ」

「バネッサ？」

「そう、彼女はジョナスの妹なんだ。妹といっても血のつながりはないが。初めてここを見に来たときに彼女と会ったんだ。きっとおまえとも気が合うだろう」

ジョナスが食事に来るですって？　まさか！　あんなことがあったあとでどうして彼と顔を合わせられるだろう？

しかしプライドがサラの弱気をしかりつけた。なにもおどおどすることはない。ふたりのあいだに起こったことになんの意味もないことをはっきりさせるためにも、堂々と彼と顔を合わせるべきなのだ。彼に信じられないような激しさで応じたのもリックを失った寂しさのせいで、ジョナスとはなんの関係もない。そう思い込もうとしながらも、さっきのとろけるような愛撫を、彼女自身の激しい反応をまざまざと思い出し、頬が紅潮するのをどうすることもできずに目をつぶった。

彼をあんな行動に駆り立てたのは怒り。サラを駆り立てたのは……やはり怒り。そして十八カ月の孤独。彼の肉体の要求がそうであったように、サラの激情もジョナス自身に向けられたものではない。そう考えるといくらか気分が落ち着いた。肉体が味わった甘美な陶酔はジョナスによってもたらされたのではなく、リックとの愛の思い出がもたらしたものなのだ。それが唯一の納得できる説明だった。

思考能力の九十パーセントはジョナスとのことを忘れようと必死なのに、それでも食事の支度をしたり、持ち帰ったカーペットの見本を広げてサムとあれこれ相談したりできるのは意外だった。

ジョナスはきっと女性とみれば手当たり次第に誘惑しようとするタイプなのだと思い込もうとしても、心の奥の何かがその都合のよい説明を信じようとはしなかった。あの巧みな愛撫からして、彼が名うてのプレイボーイで、意のままに操った女性の名を新たにリストに書き加えるためだけにあんなことをしたのだと考えるのが無難には違いない。しかしサラは直観的に、その言い訳の中に偽りをかぎ取っていた。ジョナスの抱擁には単なる戯れとは言いきれない何かが、ほとんど動物的ともいえる激しさが、力に勝る男性の優位以上にサラを怖《お》じ気《け》づかせる迫力があった。そんなはずはないと理性は否定しても、本能は、サラには決して与えることのできない何かを彼が求めているという確信があって、その確信はいっそうサラを不安にした。

ランドローバーの陰でキスをしたとき、彼の瞳にも思わぬ成り行きに驚いている様子がありありと浮かんでいた。サラ同様、彼もふたりのあいだに燃え上がった熱情の激しさに不意を突かれていた。

いつまでくよくよ考えていても始まらない。サラは彼のことを忘れようと、きっぱりとした足取りでカーリーを捜しに庭に出た。ガラス戸の外にあるれんが敷きの中庭《パティオ》は長いあいだほうっておかれたらしく荒れ果てていて、サラはなんとはなしにかがみ込んでところどころに生えている雑草を引き抜いた。草はあっけないほど簡単に抜け、無心に手を動かす単純作業はサラの心のもつれをほぐすのに役立った。

雑草だろうか、それとも園芸植物の一種だろうか、パティオには小さなピンクの花をつけた草が生い茂っている。町に行ったついでに植物の本を買ってくればよかった。これがなんの花かジョナスなら知っているだろう……蛇のようにひそかに、抜け目なく、またもやジョナスが頭に忍び込んでくる。サラは頭の機能を停止させ、草むしりを思いきりよくあきらめてろばとカーリーのいる牧草地に急いだ。カーリーはききわけのいい子で、今夜はお客さまだから早めにベッドに入るように言われたときも素直にうなずいた。そしてサムが娘をおふろに入れているあいだ、サラは食事の支度にとりかかった。

もともとは両親のものだったが、その後サムとホリーが大切に使っていたマホガニーのテーブルと椅子は、太い梁《はり》の通ったダイニングルームに申し分なく調和した。まだ完全に片づいていない荷物の中から、サラはやっとのことで古いレースのテーブルクロスを捜し出していた。それは祖母の代から伝わってきたもので、最初は純白だったと聞いているが、歳月はその色をこの家の壁と同じ淡いクリーム色に変えていた。テーブルクロスとそろいのレースで縁取りされたナプキンは、サムとホリーが結婚祝いにもらった美しい食器と銀のナイフやフォークを申し分なく引き立てている。

兄の気持を考え、サラは最初その食器を並べるのをやめていつも使っている皿を出そうとしたが、サムはなぜ来客用のロイヤル・ダルトンを使わないのかといぶかしげに彼女に尋ねた。確かにこうして並べてみると、深い緑と金の模様が古いレースのテーブルクロスにこの上なくよく映る。料理がこの食器の美しさに負けないといいけれど、とサラは思う。サーモンをたくさん買っておいてよかった。さもなければ初めて招く客にハンバーガーとサラダを出すことになっただろう。

母は料理が上手で、サラもその素質を受け継いでいた。そして今夜のために特に腕を振るい、サーモンにかける特製のソースとスフレ料理のトッピングに工夫を凝らした。

「すごいごちそうだね」テーブルの準備が終わるころ、車椅子でダイニングルームに入ってきたサムが目を見張った。庭から切ってきた花をテーブルの中央に生け、サラは何歩か後ろにさがって仕事の成果を吟味した。

「おまえもほんとうは古風で家庭的なタイプなんだね」サムはテーブルの方に手を振り、兄らしい愛情をこめてからかった。「そんなところは母さんそっくりだ」サムはサラの視線をしっかりととらえてこう言い添えた。「今のところおまえはまだ現実逃避をしているようだが、いつかふさわしい相手と巡り合って幸せな家庭を築いてほしいと思っている」

「兄さんとカーリーのいるここが私の家庭だわ。新しい家庭なんか欲しいとは思わない」

サラは兄から目をそらし、自分の声にかすかな恨みがましさを聞き取って唇をかんだ。

「リックの代わりにほかの男性を探すつもりもないし」

「おまえがこれからの一生を独りで過ごすことをリックが望むと思うかい？　二十五歳のおまえにとって人生はまだまだ長い……」

「兄さんだって三十歳になったばかりでしょ？」サラは兄の言葉を静かにさえぎった。

「わかっているさ。でもおまえと違って、ホリーとの思い出にしがみついてほかの女性に背を向けようとは思っちゃいない」

サラははっとして兄に目を戻した。今まで、兄がそんなふうに考えているとは思わなかった。ホリーを愛したようにほかの女性を愛せるというのだろうか？　サム、サラ、カーリーを結びつけている家族の愛だけでは不足だというのだろうか？

「再婚を考えているという意味？」衝撃を受け、サラはかすれた声でささやいた。

「ふさわしい女性に出会ったら結婚してもいいと思っている」サムははっきりとした口調で断言した。「ホリーだってぼくが修道僧みたいに暮らすことを望みはしないだろう。ホリーの代わりを見つけられるはずはないし、見つけたいとも思わないが、それだからといってほかの女性を愛せないってことにはならない。ひとにはさまざまな愛し方があっていいんじゃないかな」サムは腕時計に目を落とした。「もうじきジョナスとバネッサが来るだろう。ここはぼくに任せておまえは二階に上がって着替えてくるといい」

着替える？　サラはシャツとジーンズを見下ろし、それから兄の服装を点検した。そういえば兄は白いシャツと黒いスラックスに着替えを済ませている。突然、サラは恐ろしい孤独感に襲われた。親しい者に見捨てられたような、裏切られたような気持。ちくっと目頭を刺した涙をまばたきして追い散らし、部屋に戻って衣装だんすの扉を開けた。着替えるといったって、いったいどんな服を着たらいいのかわからない。サラはぼんやりとハンガーに掛かった服に視線をさまよわせた。一年と半年、新しい服を買っていない。最後に買ったセミフォーマルのドレスはリックの会社の創立記念パーティーに着ていくつもりで選んだものだった。でもそのパーティーを待たずにリックは事故にあい……。

こわばった指先で柔らかい絹に触れ、サラはその感触がもたらした思い出からとびすさった。このドレスを買ったときのサラは今のサラとはまったくの別人だった。女らしいドレス——恋人のために着るドレス。

そのドレスを視野の外に押し込め、ハンガーからシンプルな黒い麻の服を外した。リックの葬儀の日に着た服である。この服を買ったときのことははっきりと覚えているが、今こうして衣装だんすの中を調べるまでその存在を忘れていた。今夜これを着ることにしたのは、彼女の中に潜む暗く不可解な自虐趣味のせいに違いない。リックの葬儀に着た黒を、ジョナスから身を守るよろいとして着ようとしているのだという内部の声に耳を傾けるつもりはなかった。サラはドレスのファスナーを上げ、挑むように鏡と向かい合う。黒はサラに似合う色のひとつだったが、以前よりやせてしまった今、その色はいっそう彼女を華奢に見せていた。サラは衣装だんすの下段からハイヒールを出してはき、急いで化粧直しをした。どういうわけか、兄はサラがちゃんとドレスアップすることを期待しているようだ。

サムはひょっとしたら妹とジョナスを結びつけようとしているのかもしれない……ひそかな疑念がサラの頭をかすめた。兄はそれでさっき、過去を忘れるようにという演説をしたのだろうか？　でもリックを忘れたいとは思わない。リックをあんなにも愛していたのだから。愛していた？　いや、愛している——今でも。リックは人生のすべてだった。リックの死後残っているのは、かつて存在した女性の抜けがらにすぎない。抜けがら……ほんとうにそれだけ？　ジョナスの愛撫に自制心を失った自分を思い出し、サラは頬に熱いものがこみ上げてくるのを感じ、震えた。

口紅を置き、サラはカーリーの様子を見に子ども部屋にそっと入った。少女は横を向いてもみじのような小さな手を頬の下に当て、ぐっすりと眠っている。優しくほほ笑み、サラはかがんで愛らしい額にキスをした。

4

「すばらしいお食事でしたわ！　後片づけを手伝わせてくださいね」

バネッサ・チェスニーはまったく兄に似ていなかった。ブロンドの小柄な女性で少女のように愛らしく、純真で、ほかのひとから好意と承認を得ようといたいたしいほど努力するところも小さな女の子のようだった。

男性ふたりを居間に残してキッチンに入るとバネッサはいくらか落ち着きを取り戻したようだったが、サラはそれでもまだ、彼女がなんらかの形で劣等感のようなものを抱いていると感じないわけにはいかなかった。

「とてもお料理がお上手ですのね」コーヒーの支度をし始めたサラにバネッサが言った。「私はぜんぜんだめ。どちらかというとジョナスのほうが家庭的なんです。ほんとうはその必要もないのに、兄は義務感から私を置いてくれているんですわ」バネッサは悲しそうに顔をしかめた。「もちろん兄がそんな素振りをするわけじゃないけれど。私のように、住むところと仕事を与えてくれる頼もしい兄を持っているひとはそう多くはいないでしょうね。そうそう、ミス・ベッツの飼っていた犬と猫をまだうちでお預かりしているんです。ご都合のよろしいときにいつでもお返ししますとジョナスが言ってましたわ」

「ジョナスが？　ジョナスが動物たちの世話をしてくださったの？」

バネッサはサラの驚きを見て戸惑ったようだった。

「ええ。それにフレッドにも毎日えさをやりにここに来ていました。フレッドってあのろばの名前なんです」バネッサはほんの少しまゆを寄せた。「兄はミス・ベッツが亡くなる前、それとなく彼女の様子を気にしていましたわ。もちろんミス・ベッツには気づかれないように。事情が違えばミス・ベッツと伯父のヘンリーが幸せになれたと思うと残念でなりませんの。ふたりが別れたのはミス・ベッツのプライドが原因だったようですわ。ええ、ふたりは婚約していたんです」バネッサは説明を続ける。「でも彼らはいさかいをしてミス・ベッツが婚約を破棄したそうです。いさかいの発端はだれひとり知らないのですけれど。彼らはふたりともそれから一生結婚しませんでした。ジョナスも私も、ミス・ベッツとヘンリー伯父が心の奥深くで終生愛し合っていたんじゃないかとよく話し合うんです」

熱心に耳を傾けるサラに勇気づけられて、バネッサはジョナスのことを話し始めた。

「兄はヘンリー伯父の家をほんとうは引き継ぎたくなかったんだと思いますわ。あの家はひどい状態だったんです。湿気で部屋はじめじめしているし、家じゅうの配線を張り直さなければ使いものにならなかったし。両親はジョナスがあの家を売りに出すとばかり思っていたようですわ。今、両親と言いましたけど、私が十歳、ジョナスが十五歳のときに、私の母とジョナスの父親が再婚したんです」バネッサは内気にほほ笑んだ。「私たち、最初からうまくいっていたわけではありませんの。私の両親は離婚して、私としてはだれであれ父の代わりになる人をすんなり受け入れられなかったものですから。ジョナスの実の母親は飛行機事故にあって亡くなったんです。サムから……いえ、あなたのお兄さまから、彼の奥さまとあなたの婚約者が不幸な事故で亡くなられたことを聞きましたわ……お気の毒に……でもそういう悲しい経験をなさったあなたですもの、ジョナスにとっても私にとっても実の母、実の父の代わりに新しい父と母を認めるのが容易じゃなかったことをわかってくださいますわね？　兄も私も新しい父、新しい母に反発しながら、彼らがいいひとたちだってことをわかっていたんです。父も母も大変だったと思いますわ」バネッサは息をついだ。「いろいろありましたけれど、なんとか嵐《あらし》を切り抜けてきました。あるとき、義理の親を愛したからといって血を分けた親を裏切ることにはならないと気づいたんです。大人になったんでしょうね。ジョナスのほうが私より早く適応したようですわ。私にもとても優しくしてくれて。兄が農業大学を卒業してカナダに行ってしまってからはずいぶん寂しい思いをしました。カナダでは大企業が所有する大農場の経営を任されていて、兄が今の土地と家を相続することになったとき、私たちはみな、兄は土地も家も売り払うだろう、将来性のある会社での地位を棒に振りはしないだろうと思っていたんです。採算のとれる農場にするまで、兄は身を粉にして働きましたわ」バネッサは兄をたたえる。「まったくのゼロから農園を始め、そこからの利益と残った農地を売ったお金の運用でなんとかやっているんです。裕福になることはないだろうと兄は言っていますけれど。なぜ農場を売らないのかときいたところ、ヘンリー伯父さんはここを売るためにではなく、再興するためにぼくに譲ったに違いないと言っていました。もちろん屋敷はとても美しいし、兄もアンティークの家具をいくつか買いましたわ……ちょっと無理をして」

バネッサはひと休みし、かすかに顔を赤らめた。「ごめんなさい、勝手におしゃべりを続けてしまって。緊張するとついぺらぺらとおしゃべりする癖があるんです。母がピーターと再婚したころ、私、一時的にひどくつっかえるようになったんですけれど、ピーターはとても辛抱強く私に接してくれました。ピーターは――ジョナスの父ですけれど――植物学者で自然愛好家なんです。今、父と母はフェンスにあるコテージに住んでいますの。ジョナスはピーターよりずっとダイナミックな性格ですけれど、大地への愛着は父親譲りなのでしょうね。ジョナスが農場の仕事とか経営上の問題のすべてを引き受けて、私が事務的な仕事を手伝っているんです。サラ、あなたはここでの生活が気に入りそう？」

「ええ、もうすでに気に入ってしまったわ」サラはほほ笑んだ。「私もカーリーも」

「カーリーに会うのをとても楽しみにしているんです。サムがカーリーを心から愛しているのがよくわかりますわ。彼女はお母さま似？」

「いいえ、どちらかというと父親似じゃないかしら。性格的にもサムに似ているみたい」サラはふと思いついて言った。「犬や猫を迎えに行くとき、カーリーもいっしょに連れていきましょうか?」

「まあすてき! ぜひそうなさって」

コーヒーが沸き、サラはポットやカップの載ったお盆を持ってバネッサの開けてくれたキッチンのドアを通って居間に入った。

ジョナスとサムはクリケットの話に花を咲かせていたが、ジョナスはすぐに立ち上がってサラの手からお盆を受け取った。指と指とが触れ合い、電流がサラのからだを貫く。サムがチェスニー兄妹と談笑するあいだ、サラは会話に加わらずにコーヒーをいれていた。ジョナスと言葉を交わせるとは思えない。彼にこの家に、そしてサラの人生に立ち入ってほしくない。バネッサの話も聞きたくなかった。ジョナスに〝軽蔑《けいべつ》すべき男〟というレッテルをはっておくほうが無難なのだ。なにがなんでも彼を悪者にしておく必要がある。身の安全のために……身の安全? いったい何が危険だというのか?

その問いに、サラは答えるつもりはなかった。

コーヒーカップをみんなに手渡しながら、サラは兄とバネッサが長椅子に寄り添うように座っているのに気がついた。サムの仕事に関する長談義を、バネッサは真剣な面持ちで聞いている。「兄さん、バネッサを退屈させているんじゃない?」コーヒーを渡すついでにサラは軽く兄をたしなめた。「経済の話に関心を持つ女の子はそうめったにいないものよ」

「まあ、そんなことありませんわ！」バネッサは顔を赤らめて唇をかんだ。

「内気な妹の代わりに代弁させてもらうと」椅子から立ち上がって彼らの方に近づいてくると、ジョナスはさりげなく口をはさんだ。「バネッサは経済学で〝優〟を取ったんだ。残念ながら、農場の事務だけではその才能が十分に生かされているとは思わないが」彼はそう言いながら身をかがめ、サムがときどきサラにするように、バネッサのブロンドをくしゃくしゃにした。

サムは新しい金脈を発見した強欲な男みたいな顔つきでほれぼれとバネッサを見つめている。彼は目をきらめかせ、口もつけずにコーヒーカップをテーブルに置いた。

「彼らをふたりきりにしてあげるべきじゃないかな？」長椅子から離れたサラにジョナスが耳打ちした。「それとも兄さんを見張っていたい？」

「ばかなこと言わないで」サラは硬く言い返したが、心の中では彼の言葉にひどく腹を立てていた。かつてサムとホリーの関係に嫉妬《しっと》した覚えはない。でもサムが過去を追放し、新しい人生を選び取ろうとしているのを見るのはなぜかつらかった。バネッサを見る兄の目には、好ましい女性を見る男の確かな輝きがあった。「いいわ。じゃ、中庭《パティオ》に出ましょう」

「黒は君に似合わない」サラの腕を取ってパティオに出るガラス戸の方に向かいながらジョナスは言った。「まるで葬式に出席しているみたいに悲しげに見える」

肌から血の気が引いていくのを感じ、サラは外からの微風にぶるっと震えた。

「サムから聞いたが、君は庭仕事が好きらしいね？　庭を散歩しながら、ここをどんなふうにしたいか、君のプランを話してくれないか？」

彼と会うのはこれで三回目だが、前の二回にそうだったように、サラは身のすくむような強烈な男のパワーに屈しまいと必死だった。サラをおびえさせるのは力のうえでの男の優位ではなく、彼女自身の中にあるもろさ、攻撃に無力な弱さであった。それにしても何をそんなに恐れているのだろう？　彼らのあいだに生まれる性的な引力を？　リックへの愛を裏切ることを？　裏切る？　なぜ？　ジョナスを愛することによって？　そんなことが起こるはずはない。彼を気に入ってさえいないのだから——むしろ憎んでいると言ったほうが当たっている。

「それよりここにいるほうがいいわ、あなたさえよろしければ」

彼らはすでに、長椅子で何やら夢中になって話し込んでいるふたりから十分離れていたが、ジョナスはそれでもサラをうながし、白い歯を日焼けした肌に輝かしてほほ笑んだ。

「ぼくはちっともかまわないが、あそこにいるふたりはどうかかな？」

サラは当惑して長椅子を振り返った。

「サムがバネッサとふたりきりになりたいと思っても、庭の散歩に妹を誘うことはできないんだ、そうだろう?」

〝気が利かない〟と言わんばかりの言葉に、サラは赤くなる。そしてその一瞬、もしサムがバネッサに惹《ひ》かれ、彼らが結婚を考えるようになった場合、サラ自身の生活が大きく変わるだろうという思いが頭をかすめた。兄が再婚すれば兄の新しい家族といっしょに暮らすわけにはいかなくなる。

もの思いにふけっているあいだに、彼らはドアを抜けてパティオに出ていた。

ジョナスの手を振りほどこうとして、サラはれんがのはがれ落ちたくぼみにつま先を引っかけてよろめいた。ジョナスの支えがなかったら転んでいただろう。

たくましい腕がからだにからみつき、サラは凍りついた。それは再び起こりつつあった。彼に触れられたとたん、熱い炎が内部で燃え上がるのだ。

「君のことはわからないが」ジョナスはサラの耳に口をつけてささやいた。「ぼくは君を抱くといつも……」

「放して」その声はかすれている。肉体がこうもたやすく理性を黙殺することにサラは腹を立てていた。

「事故があってからどれくらいたつ?」

思わぬ質問に不意を突かれ、サラは反射的に答えていた。

「十八カ月？」ジョナスはサラを放し、少し距離をおいて立った。「そしてまだフィアンセの死を悼んでいる、そう？」

彼の声は優しく、サラは荒々しく叫び出したい衝動に駆られた。同情なんかしてほしくない！

「これからもずっと彼の死を悼むわ」

ジョナスは表情を硬くし、ため息をついた。それから彼はサラに背を向けてパティオにうずくまり、はがれ落ちたれんがを調べた。

「冬が来る前にここを修復しておいたほうがいい。さもないともっとひどくなるだろう」

「でも、そのままのほうが雰囲気があってすてきだわ」

「このままじゃ危険だ。たった今つまずいたのがサムだったらどうなっていたと思う？」

ジョナスの意見は正当で、それ以上の反論は封じられた。

「永遠に続くものは何もない。この世のすべてには終わりがあるんだ」ジョナスはそっけなく言い、サラは彼が単にれんがのことを言ったのではないという印象を受けた。でも、これからの一生リックを悼んで暮らすことはできないと言うつもりなら彼は間違っている。現にサラはそうしているし、これからだってそうするだろう。

窓をたたく音がして振り返ると、バネッサが彼らを手招きしていた。

「ご親切に甘えてつい長居をしてしまったわ」居間に戻ったサラにバネッサは優しくほほ

笑んだ。「すばらしいお食事をありがとう。この次はみなさんでぜひうちにいらしてください ね。あなたほどお料理は上手じゃありませんけれど」

しばらくサムと話し込んだあとのバネッサは、最初のころの内気さが信じられないくらい生き生きとしている。そんな彼女に愛情に満ちたまなざしを向けている兄を、サラは新たな驚きで見つめた。

そのとき二階から物音がし、サラはまゆをひそめてつぶやいた。「カーリーだわ。起きたのかしら?」それからバネッサに説明した。「まだ新しい環境に慣れていないので不安なのでしょう。失礼して見てきますわ」

「私もいっしょに行ってはいけないかしら? カーリーが見ず知らずの私を見ておびえるとお思いなら……」

「君の美しい顔を見ておびえる?」サムがからかった。「もしぼくが目を覚まして君がいるのを見たら神に感謝するだろうね」

そのほのめかしにバネッサはほんの少し頬を染めた。サラは反射的に部屋の向こう側にいるジョナスに目を向け、彼は〝だから言っただろう?〟とでも言うようにまゆを上げ、口もとだけの笑みを返してきた。

「もちろんかまわなくてよ。カーリーも喜ぶでしょう」

カーリーは髪をくしゃくしゃにしてベッドの上に起き上がり、目をこすっていたが、ドアを開けたサラにうれしそうに笑いかけ、後ろからそっとのぞいたバネッサに気づいて目を丸くした。「あたしの熊《くま》ちゃんがベッドから落ちちゃって、頭を痛くしたみたいなの」サラにそう言いながら、目はバネッサから離れない。

「落ちたの？」サラは優しく小言を言った。「どこかの女の子が眠っているうちに熊さんをけとばしたのじゃない？」

カーリーはくつくつ笑い、バネッサに向かってこう言った。「あなたの髪、とてもきれい。あたしのママの髪もおんなじ色、そうよね、サラ叔母ちゃま？」

カーリーが事故の前の生活をどれほど覚えているかはわからないが、サムもサラも、彼女に好きなだけ、自由に母親のことを話させることにしている。「とてもよく似ているわね。バネッサの髪はあなたのママの髪より少し銀色がかっているけれど」

「天使さまの髪みたい。あたしの髪もそんな色になるといいのにな」

「おませさん」サラは笑い、小さな姪《めい》の頭を撫《な》でた。

「ね、あなた、あたしのご本読みたくない？」カーリーがバネッサに誘いかけた。

王女がお城に招待でもするようなもったいぶった言い方に吹き出しそうになったが、サラはそれでもきっぱりとこう言った。「バネッサはもうお帰りになるところよ。それに、あなたのご本を読んであげる時間ではないでしょう？」カーリーの顔が曇るのを見て、サラはとっさにこう言い添えた。「でもバネッサは私たちをおうちに呼んでくださったわ。

この家に前から住んでいた犬と猫を預かっていただいてたの。明日迎えに行きましょうね?」

カーリーはすぐさま目を輝かした。床からぬいぐるみの熊を拾い、バネッサはベッドの上にかがみ込んでそれを少女の隣に寝かした。

立ち上がろうとしたバネッサの首に腕を巻きつけ、カーリーは派手な音をたててキスをする。カーリーは愛情豊かな女の子に育っていた。サラは今まで、ためらわずに愛情表現をするようにと小さな姪に教えてきた。サムとサラの両親は心から子どもたちを愛してはしたが、スキンシップの必要性に関してはどちらかというと無関心で、カーリーには同じような寂しさを味わわせまいという点で兄妹の意見は一致していた。少女のキスにバネッサの瞳が輝くのを見守りながら、サラはカーリーが一目でバネッサを気に入ったことにほっとしていた。しかしその反面、事故以来続いてきたサムとの緊密な関係が薄れ始めたことを感じ取り、深い孤独を意識せずにはいられなかった。

階段を下りながらバネッサは明日の約束をし、ホールで待っていた兄と連れ立って帰っていった。

「ふたりともいいひとたちだろう?」コーヒーカップを洗う妹の手伝いをしながらサムが言った。「ジョナスもウェイン・ハウスレーとは正反対のタイプだ」

「バネッサとは気が合いそう。でもジョナスは私のタイプじゃないわ」サラはそっけなく言ったが、兄がいぶかしげにまゆを上げるのを見てこう付け加えた。「彼は相当な自信家だと思うわ。つまり、あまりにも……」

「あまりにも男らしい？」サムはあっさりと言ってのけ、その勘の鋭さで妹を驚かせた。彼はカップをふいていたふきんをカウンターに置くと妹の手を取り、しばらくじっと見つめていたが、やおら顔を上げて真っすぐにブルーの瞳をのぞき込んだ。「今こんなことを言うべきじゃないかもしれないが、サラ、ぼくはとてもおまえのことを心配している。おまえにとってリックの死がどんなにショックだったかはよくわかる。でも永久に彼の死を悼んで生き続けることはできないんだ。過去から自由になってひとを愛することを学ぶべきだ。おまえは悲しみにしがみついている。ほとんどその悲しみをはぐくんでいるかのようだ。過去にとりつかれ、社会から孤立している。ぼくとカーリーのためにおまえ自身の人生を台なしにしてはいけない。おまえはまだ若い。もっと外に出て生活を楽しむんだ」

「そして新しい恋人を見つけろというの？」手を引っ込め、サラは兄に背を向けてつぶやいた。「兄さんはそうしたいのね？　ホリーの代わりになるだれかを見つける……それとも、もうすでに見つけたの？」

涙がこみ上げてきて、サラはふきんをほうり出すと二階に駆け上がった。いったい自分はどうしてしまったのだろう？　サラは窓辺の椅子にうずくまって自問した。たった今、兄といさかいをしてしまった。今まで決してこんなことは起こらなかったのに。なぜ？

周囲で何かが刻々と変わっていくのを感じ、不安に駆られ、追いつめられた動物のように兄に反撃した。サラは理不尽と知りながら、そうしたすべてをジョナスのせいにした。

兄にあんなことを言う権利はなかった。ほかの女性を愛するのはホリーへの裏切り行為だと決めつけたのだ。それが不当な非難であることを知りながら。

サラは立ち上がり、階段を下りて兄の部屋をノックした。

ドアを開けた兄の悲しげな顔を見て、サラは自責の念に駆られて彼の腕に身を投げかけた。

「ごめんなさい、兄さん。私、どうかしていたわ」サラは兄の肩に顔を当ててすすり泣いた。

「おまえに言われるまでもなく、バネッサと会って以来ぼく自身そのことで苦しんできたんだ。だからおまえの言うこともよくわかる。今までぼくだっておまえと同じことを考えてきた。しかしバネッサと出会ってから、ぼくたちの生き方が間違っていることに気づいたんだ。ぼくたちは愛するひとを失った――その事実を変えることはできない。でもホリーにしてもリックにしても、ぼくたちが死ぬまでほかのひとの愛を拒むことを望むだろうか。そんなことはないはずだ。もし立場が逆だったら、おまえはどう考える？　リックがその一生を独りで過ごすことを望むだろうか？」

そう、たぶん望まないだろう。でも、それだからといってリック以外の男性を愛せるとは思わない。サムの場合とは違うのだ。愛は苦しみと同義語。愛することは喪失の苦しみを受け入れること。

「バネッサとのこと、まじめに考えているのね？」兄の問いかけには答えず、サラはきいた。

「彼女と知り合って間もないから決定的なことは言えないが、いいかげんには考えていない。今まで彼女とは四回しか会っていないんだ。初めてここを見に来た日、バネッサがコテージの中を案内してくれた」

「じゃ、コテージにほれ込んだというよりバネッサにほれ込んだというわけね？」サラは努めて明るくそう言った。

「彼女のことを最初から話しておけばよかったんだが、何もかも突然のことで確かなことは言えなかった。内気で引っ込み思案の彼女をせかしたくなかったし」サムはいくらか自《じ》嘲《ちょう》気味に顔をしかめた。「たとえぼくたちのあいだになんらかの感情が芽生えたとしても、バネッサは不利な選択はしないかもしれない、そうだろう？」彼は車椅子に目を落として静かに言った。「この脚がかなり回復してきているのはわかっているが、これから先、完全にこいつから自由になることはないだろう」

「バネッサが兄さんを愛していれば、そんなことは問題にならないわ」

「そうだね、もし彼女が愛してくれたら……」

「ところで兄さん、ジョナスがミス・ベッツのペットたちの面倒をみてくれたこと、どうして今まで黙っていたの？　ミス・ベッツとジョナスの伯父さまとの関係もバネッサに聞くまで知らなかったわ」

「おまえがジョナスに対してあまりいい感情を持っていないようだったから、彼のことを口にするのがためらわれたのさ。リックの葬儀以来、おまえが感情的になったのは初めてのことだ。それで、明日動物たちを引き取りに行くんだね？　カーリーを連れて？」

「ええ、もし兄さんさえかまわなければ」

「もちろんかまわないさ」サムはからだを伸ばし、痛みに顔をしかめた。「そういえば病院の予約をしなくちゃいけないな。いつにするか決めなければ」退院後もサムは定期的にリハビリテーションのために病院に通っていたが、ロンドンを引き払ってからは地元の病院に通院することになっている。「おまえが忙しいときはいつでも病院の送り迎えをしてくれるとバネッサが言ってくれた」サムは少し照れたように笑った。「カーリーが学校に行かなくなっていつも家にいるわけだから、おまえも何かと大変だろう。カーリーだって病院の中でぼくを待っているのは退屈に違いない。そんな話をしたらバネッサが快く引き受けてくれたんだ」

　兄に対してかすかな嫉妬と恨みがましさを感じるのは正当ではない――サラはあとで寝支度をしながら自分を戒めた。この不当な感情が不安から湧《わ》き出ることをサラは知っている。バネッサは感じのいい女性だし、別の状況では彼女と兄との関係を心から祝福しただろう。でも今はそれが裏切りとしか考えられず、サラは孤独だった。

夜、目を閉じていつもそうするように、サラはリックのイメージを思い浮かべた――いや、思い浮かべようとした、と言うほうが当たっているかもしれない。どういうわけか、今夜は愛するリックの顔はぼんやりとかすむばかりで、見えるのはただ、ジョナスの尊大な男らしい顔つきと皮肉っぽいグレイの瞳だけだった。

サラはいつも一日のうちのこの時間を楽しみにしていた。リックの死を否定し、リックとのひそかな親交を自分に許すこのひとときを――しかし今ではその楽しみも奪われてしまった。ジョナスをのろい、サラは枕《まくら》に顔を埋《うず》めて眠りがもたらす忘却をひたすら求めた。

「ねえ、それはどんなわんちゃんなの？」

「さあ、どんな犬かしらね」姪の手を取って砂利敷きの車寄せを歩きながらサラは言った。

バネッサに教えられたように、広い道路に面した、美しい飾り細工の施された鉄製の正面ゲートまでドライブし、きらめく緑の芝生のあいだに続く車寄せを通って薄い緑のワゴン車の隣に車を止めた。

正面から見ると、その屋敷は話に聞いたとおり正に威風堂々としていた。でも威風堂々という形容は当たっていないかもしれない。その言葉には重々しい、ひとを寄せつけない冷たさが感じられるが、この家にはむしろ、何代にもわたる一族の幸福な生活を思わせるぬくもりがあった。赤れんがは長い歳月に色を深め、みずみずしいつたが壁面を覆っている。建物と優美に調和した白く塗られた窓枠が、昼下がりの車寄せと広大な庭を見下ろし、その庭の向こうには太陽をちりばめた池がきらきらと輝いて見えた。

すばらしい景色に見とれていると正面のドアが開き、バネッサがステップを駆け下りてきてふたりを歓迎した。「時間ぴったりね」バネッサはあいさつをし、うれしそうにサラに飛びついたオールドイングリッシュシープドッグの子犬を押しやった。「これはジョナスの犬なの。去年死んでしまった老犬の代わりに、母が兄の誕生日にプレゼントした子犬」

「あたしのわんちゃんはどこにいるの？」子犬の頭を撫でながらカーリーがバネッサを見上げた。

「今キッチンにいるわ。中に入ってあいさつをしたら？」

こっくりとうなずき、カーリーはバネッサに手を預けてステップを上がっていった。

「まずお茶にしようと思っていたんですけれど」バネッサはサラに申し訳なさそうにほほ笑んだ。「カーリーが待ちきれないようなのであとにしてよろしい？」

玄関ホールはほどよい広さで、そこから大理石の階段と錬鉄の手すりが美しいカーブを描いて二階に通じていた。家族のものらしい何枚かの肖像画が壁を飾り、バネッサは重厚なマホガニーのドアを開けながら説明した。「この家にはずっとジョナスの一族が住んでいたんですけれど、代が変わるたびに少しずつ土地を売らなければならなくて、今残っているのはこの家と土地だけなんです。それで兄は、事業を拡張するためにミス・ベッツからあの牧草地を買いたがったんですわ。今あなたが住んでいらっしゃるコテージも昔はジョナスの一族の所有地だったそうですけれど、曾祖父《そうそふ》の代にミス・ベッツの両親に売られたと聞いています」

バネッサは立ち止まり、キッチンのドアを押さえてサラとカーリーを先に中に入れた。れんがの壁のくぼみにがっしりしたクッカーが据えられ、丈夫そうな木製のキッチン・ユニットの扉には歳月を経た味わいが感じられた。実用的な大きいテーブルがキッチンの中央を占領している。

「私たちふたりだけのときはいつもここで食事をするんです」バネッサはテーブルを指さして言った。「兄は仕事柄しっかり昼食をとる必要があるんですけれど、着替えはもちろん、落ち着いて食事をする暇さえないことがあるので、ついここで食べる習慣になってしまいましたの。幸い、今のところは比較的のんびりできるんです。今から秋の植えつけが始まる夏の終わりまでですけれど。少しでも品質が落ちるとバイヤーたちにそっぽを向かれますから大変な仕事ですわ」

バネッサはちらっと掛け時計に目をやった。

「ジョナスは一時間ほどで帰ってくるでしょう。もしよかったらジョナスに案内させましょうか？　あなたのお庭造りの参考になるかもしれませんわ」

サラが答える前に、カーリーがクッカーの前で寝そべっている金色のレトリーバーを指さした。「あれがうちのわんちゃん？」

「ええ、そうよ、サイモンというの」バネッサは言い、うれしさのあまり紅潮した少女の顔からほつれ毛を払ってやった。もしカーリーが新しい母親を持つとしたら、このひと以上にふさわしい女性はいないだろう――バネッサの顔に浮かぶ愛情豊かなほほ笑みを見ながらサラは考えていた。

「なんてかわいいんでしょう」犬のそばに走っていってしゃがみ込み、金色の頭を撫でてふわふわの耳に何やら話しかけているカーリーを見て、バネッサはため息混じりにつぶやいた。「猫はたぶん温室にいるんじゃないかしら。温室には小さな池があるので、そこで泳いでいる金魚をいつも物欲しげに見つめているんです」

十分ほどしてバネッサがカーリーにオレンジジュースを渡すところを見たとき、サラは再び、少女に対する彼女の深い愛情を垣間見た気がした。

「あなたはほんとうに子ども好きなのね？」お茶をいれるバネッサにサラは言った。

「ええ、とても」ブルーの瞳はかげり、唇がかすかに震えた。いまにも泣き出しそうな様子に、サラは戸惑う。何か彼女を動揺させるようなことを言ってしまったかしら？　たった一回会っただけでも、バネッサがひどく感じやすい女性だということはすぐにわかった。たとえ故意ではないにせよ、そんな彼女を傷つけたと思うのは気分のいいものではない。

「ごめんなさい」バネッサは小さな声で謝った。「いつもはこんなに……こんなに感情的になることはないんですけれど。ただ……そう、あなたにはこのことをお話ししておくべきかもしれませんわ。私、十八のとき、赤ちゃんをみごもったんです。私はまだ学生で相手は年上の妻子ある男性でした。今となればほんとうに愚かだったと思いますけれど、十八歳の若さでは……」バネッサは肩をすくめた。「おわかりでしょう？　もちろん両親には内緒にしていたし、兄はそのころカナダに行っていました。相手の男性に赤ちゃんのことを話したら産むなと言われて……私は産みたかった。母には怖くて話せなかったし、相談できるような親しい友だちもいなかったんです。ケンブリッジに進学することはすでに決まっていて、私は仕方なく彼の言いなりに子どもをおろしました。でもその後の経過が思わしくなくて、結局両親に話すしかなかったんです」

バネッサはうつむいていたが、彼女がどんなに苦しんだか想像するのは難しくなかった。責任を持つべき大人が十代の女の子をそんな窮地に追い込むとは、サラにはとうてい信じられないことだった。妻子あるその男性にしてみれば、なんとしても彼女に子どもを産ませるわけにはいかなかったに違いない。身勝手な男。サラはその男に対して、ウェイン・

ハウスレーに感じたような、いや、それ以上の嫌悪感を覚えた。

「父も母も理解して、私を支えてくれました。ジョナスが休暇でカナダから帰り、そのことを知ったとき……」バネッサは思い出したように身震いする。「彼のところに乗り込んで責任をとらせると言い張ったんです。でも父が、罪のない人たち、つまり彼の妻や子どもたちを苦しめることになるのだと説得して、兄を思いとどまらせました。それ以来ずっと、子どもを葬り去ったことで苦しみ続けてきたんです。彼の言いなりになった自分が許せなくて。彼のことはもうなんとも思っていませんけれど、子どものことが……」

バネッサの内気さ、自信のなさの原因がサラには理解できるような気がした。小さな命を、愛を、恋人に拒まれる苦悩は想像するに余りある。

「このことはサムにも話しました」

サラは物思いにふけっていて、バネッサの言葉をのみ込むのに何秒かかかった。「兄はきっとあなたの気持を理解したと思うわ、バネッサ」

兄が女性の過去を問題にするような人間でないことはサラが一番よく知っている。

「ええ、彼はわかってくれました。私、サムを心から尊敬していますわ」バネッサは恥ずかしそうに目を落とした。「そしてカーリー……私、ずっと女の子が欲しいと思い続けてきたんです」

バネッサがサムとの関係をサラに認めてもらいたがっているのを感じ取り、サラはためらわずにこう言った。「兄もあなたを想《おも》っていてよ。私も、兄が新しい生活をスタートさせるパートナーと出会ったことを喜んでいるの。それこそ兄が必要としている何か、ホリーが彼のために望んでいる何かじゃないかしら？」

そう口に出して初めて、サラはその言葉の真実性を悟った。愛する夫と娘が、これからの一生、失った者を悼んで暮らすことをホリーが望むはずはない。リックがサラの孤独を望まないのと同じように……サラはしかし、その考えを必死で否定しようとした。リックを過去に追いやるつもりはない。一生彼を想い続け、外界を遮断するのだ。

猫を見に行きたいと言いに来たカーリーを膝に抱き上げ、心乱れる物思いから解放されたサラは、お茶を飲んだらすぐに見に行こうと約束した。

5

帰るときになって初めて、大型犬と二匹の猫、そしてカーリーを、サラの小さな車に押し込むのは無理だということがわかった。犬はいつかまたほかの日に迎えに来ようと言ったサラにカーリーは不服そうに唇をとがらし、バネッサが助け船を出した。

「じゃ、サイモンと猫とカーリーは私のワゴンで送っていくわ、どう？」

バネッサはほんのりと頬を染め、サムと会える格好の口実に胸をときめかしているようだった。

「いいわ」サラはほっとしてお礼を言う。「私はすぐあとからついていけばいいわね？」

「いけない、忘れてたわ」バネッサは唇をかんだ。「ジョナスに伝えなければならないことがあるんです。サラ、申し訳ないけれど兄が戻るまでここにいてくださらない？　バイヤーが明日の十時に来ると言ってきたんですけれど、たしか兄は外出する予定を立てていたと思うんです。もう三十分ほどで戻るんじゃないかしら。ついでに温室や庭を兄に案内してもらうといいわ」

サラは断りたかったが、そうすれば感じやすいバネッサが傷つくことはわかっている。彼女はサラに信用されていないと感じるかもしれないし、彼女とサムがふたりきりになるのをサラが喜んでいないと考えるかもしれない。

「オーケー、残ってジョナスに伝言を伝えるわ」サラは朗らかに言い、カーリーに目を向けてこう付け足した。「うちの小さなお姫さまは今夜早めにベッドに入らなくちゃいけないってサムに言ってくださいね？」

「ええ、わかりました」バネッサは請け合い、サイモンとバスケットに入った二匹の猫を車の後ろに乗せると、カーリーをシートに座らせてしっかりとベルトを締めた。運転席に座ったバネッサは窓を下げ、笑いながら手を振った。「ありがとう、サラ。兄はすぐに戻るはずよ」

バネッサが言ったとおり、ジョナスはすぐに戻ってきた。キッチンに座って十五分もたたないうちに、外でランドローバーが止まる音がした。

彼は元気よくキッチンに入ってくるとサラに気づき、いぶかしげにまゆを上げた。

「バネッサはカーリーと動物たちを家に送っていってくれたわ。私の車に全員乗るのはとても無理だったので」サラは事務的に説明する。「ここに残ってあなたに伝言を伝えてほしいとバネッサに頼まれたのだけれど……」

「シャワーを浴びるまで待てない?」ジョナスは疲れたように言った。「ひどく汚れたんでさっぱりしたいんだ」

それほど汚れているようには見えなかったが、回れ右をした彼のシャツの背中には汗がにじみ、たくし上げたそでにはどろがついている。

「午後じゅう池を掘っていたんだ。副業として鯉《こい》の養殖を始めようと思ってね」彼は背中を曲げ伸ばしして顔をしかめた。「明日はからだが痛くなりそうだ」

シャツの下でぴんと張りつめ、そしてたわむ肉体の動きを目の端でとらえ、サラは肌を熱い針でちくちくと刺されるような不思議なうずきを感じた。血のどよめきを抑えようとからだを硬くする。

ジョナスはそんなサラの様子をからかうように見守り、ぶしつけにきいた。「二階に上がって背中を流してほしいと言ってもむだだろうね?」

「当たりまえでしょう!」サラは、彼の目に躍る笑いに腹を立て、そんなひやかしに赤くなる自分をのろった。

「十分で戻る」キッチンのドアを押しながら彼は言い、思い出したように付け加えた。「できたらコーヒーをいれておいてくれるとありがたいな」

彼に言われたからというより退屈しのぎにこうしているだけだと自分に言いきかせながら、サラはコーヒーをいれる準備にとりかかった。

清潔な石けんの香りを漂わせて、ジョナスはかっきり十分でキッチンに戻ってきた。髪は濡《ぬ》れて光り、シャツからのぞく首すじと腕とがつややかなサテンのように生き生きしている。

サラは大きなテーブルの反対側から彼にコーヒーを渡し、バネッサからの伝言を伝えた。

「もう帰るわ」彼の日焼けして節くれ立った手は屋外で働く男を感じさせるが、指先や爪は意外なほどに清潔で繊細である。

「どうしてそんなに急ぐんだい？」ジョナスの言い方はひどくぶっきらぼうだった。「バネッサとサムがふたりきりでいるのが気になる？」

サラは怒りに駆られて彼のほのめかしを否定した。

「そう？　だったらサムと妹とのあいだになんらかの発展があっても気にしないと言うんだね？」

「ぜんぜん。なぜ気にすると思うの？」

「さあ、理由はわからないが、ぼくには君がこだわっているように思えたんでね。君は決定的に過去の中に生きようとしている。それで新しい人生を始めようとしている兄さんに裏切られたような気がしているんじゃないかな？」

胸をぐさりと突き刺す残酷な言葉。しかしサラの目をがっちりととらえて放さないグレイの瞳には後悔の色も謝罪の和らぎもなかった。それどころか彼はくすぶった怒りで彼女を見つめ、サラの自衛本能に警告を与えた。

「なんとかして私を悪者にしたがっているみたいね。なぜなの？」

それは彼のほうが口にすべき質問であり、サラはグレイの瞳にあざけりを見て言わなければよかったと後悔した。

「たぶん、こうしないために……」ジョナスはコーヒーマグを置くと素早くテーブルを回り、何が起ころうとしているのか気づくより先にサラを腕に抱いていた。

背中がテーブルに当たり、サラは彼を押しのけようと広い胸に両手を突くが、それはまるでそそり立ついわおのようでびくともせず、サラは彼の力に屈してからだを後ろにしならせた。立っているためには両手で彼の首にしがみつくしかない。肉体はすでに彼の意のままであっても、心が必死で彼にあらがっているのを嗅《か》ぎ取ったのだろうか、ジョナスの荒々しい抱擁には情熱というより憤怒が感じられた。

いくら無関心でいようと思ってもからだはいうことをきかない。ジョナスは柔らかい下唇に歯を立て、彼女が叫び声をあげた一瞬のすきを突いて舌を差し入れてきた。そうしながら彼は満ち足りた動物のようなうめき声をあげ、その野性的な響きは危険なまでに官能的だった。

ジョナスを嫌悪し、憎んでいる。彼女の肉体を支配する男を恨んでいる。しかしそうした事実のどれひとつ、サラの内部に燃え上がる炎を鎮静させはしなかった。強靱《きょうじん》な腕の中で、リックに対してさえ感じたことのない欲望を、リックすら彼女に与えられなかった歓喜を、サラは経験していた。

戦いも拒絶ももはや手遅れで、サラは熱に浮かされたように彼の背中に爪を立てた。おかしなことに、彼がこれほど強烈な陶酔感をかき立てられるという事実こそが、彼に対するサラの憎しみをいっそう深いものにするのだった。狡猾《こうかつ》な蛇にそそのかされて禁断の木の実を食べ、エデンの園を追われたイブ――サラは今、そのイブのように、甘い果実を差し出したジョナスをのろった。

背中に食い込む爪にジョナスは小さく声をあげ、彼を傷つけているという意識はサラに残酷な快感を与えた。顔を紅潮させ、ジョナスは張りつめたからだにいっそう強く彼女を引き寄せる。

リックにこんなふうに抱かれたことはなかった。リックはこれほどあからさまに男の能力を誇示しなかった。愛の表現はいつも控えめで、キスは貪欲《どんよく》であるというより優美だった。

ジョナスはようやく唇を離し、サラは半ばあえぐように息をついた。グレイの瞳は深い感情をたたえてきらめき、喉の奥から絞り出されるような声は彼の内部の葛藤《かっとう》を表している。

「今夜食事に行こう」まだ激情の余韻が残るかすれた声で彼は言った。

「いいえ、行きたくないわ」

「サムのためでも?」

「サム?」

「バネッサとふたりきりになりたいというサムの気持がわからないのかい? 考えてごらん、今の彼の状態ではバネッサを外に連れ出すのは無理だ。つまり、彼らがふたりきりになるチャンスはそう多くはないということになる。君はいつもひなをかばうめんどりみたいにサムにくっついている」

そのたとえと嘲笑《ちょうしょう》的な目つきは癇《かん》にさわったが、彼の言い分にも一理あると認めないわけにはいかない。バネッサに対する兄の気持を考えれば、彼らがふたりきりになりたいと思うのは当然だろう。

「でもこんな格好で食事に出かけるわけにはいかないわ」

「だったら一度帰って着替えればいい。一時間後に迎えに行くよ」

ジョナスと食事に行くのは気が進まないが、考えてみると、今後いっさい彼とかかわりたくないと宣言する、今夜はいいチャンスかもしれなかった。公衆の面前ならジョナスも手荒なことはしないだろう。

ジョナスと食事に出かけると言ったとき、バネッサはまったく驚かなかった。サラはふと、こうしたすべては事前に兄と妹とのあいだで計画されていたのかもしれないと疑った。

もしそうであればバネッサらしからぬこと。でも彼女がサムに恋しているとしたら、なんとしてもふたりきりになるチャンスをつかみたいと願うのが当然かもしれない。

自分の弱さを克服するために、サラはあえて、リックの会社の創立記念日に着る予定で買ったセミフォーマルのドレスを選んだ。リックがそのパーティーを待たずして事故にあったのでまだ一度もそでを通していない。ドレスからカバーを外しながら、サラは突然、リックのことを考えても今までのように反射的に彼のイメージが浮かんでこないことに気づき、愕然《がくぜん》とした。懐かしい顔立ちを思い描こうと目を閉じてもそれは頑として現れるのを拒み、サラは不安に駆られて化粧台に急いでリックの写真を手に取った。

見慣れた笑顔にサラはほっと胸を撫《な》で下ろし、いくらか胸苦しさが和らぐのを感じていた。

早く支度をしなければ――サラはフォトフレームを化粧台に置いてバスルームに入り、記録的なスピードでシャワーを浴び、着替えをした。もし支度が間に合わなかったら、ジョナスが様子を見に二階に上がってくるかもしれない。しかし幸いなことに、ちょうどメークを仕上げたとき、外に車の音がした。

「ジョナスよ!」バネッサが下から声をかけた。

「今すぐ下りるわ」

サラは髪をとかし、バッグをつかんでドアに急ぎ、通りすがりに全身鏡に映る自分の姿に驚いて足を止めた。これが私？　ドレスアップすることさえ忘れてどれくらいたつかしら？

昔から太ってはいなかったが、事故後の何週間かでげっそりとやせてから完全にもとの体重には戻っておらず、買った当時はぴったりしていたドレスは今、スリムなからだをふわりと包んでいる。ぴちっとボタンで留める長そでのカフスは華奢《きゃしゃ》な手首を美しく見せ、ドレスの前はハイネックに見えるが背中は深くV字形にくれ、真珠のようにきめの細かい背を大胆に露出している。上質の絹地がウエストに向かってすぼまり、腰から下に広がるさまは、あでやかな大輪の花を思わせた。カフスとネックラインは幅広のサテンで縁取りされていて、背中にはサテンの飾りリボンがひとつついている。

深いライラックの色合いは肌の輝きを際立たせ、ブルーの瞳をアメジストに変え、とび色の髪にいっそうのつややかさを添えるかのようだ。

これは愛する男性のためにこそ着る服で、今夜それをリックのためでなく、ジョナスのために着るという皮肉は、サラの心を鋭く引き裂いた。頭がどう考えようが、心の底ではジョナスのためにドレスアップしたことを彼女自身知っており、そのために胸の痛みはさらにつのった。

階段の下で待ち受けていたバネッサは、サラを見て表情をぱっと輝かした。

「ジョナス、サラを見ても卒倒しないようにね！」バネッサは大仰に叫んだ。

サラは戸惑い、気が変わったと言って階段を駆け上がりたかったが、そのとき居間からホールに出てきたジョナスにじっと見つめられ、どんな言い訳も却下されるに違いないと感じ取った。

こんなことをするのも兄のため――車に向かって歩きながらサラは自分に言いきかせていた。

驚いたことに、外に止まっていたのは型は古いとはいえ堂々たるロールスロイスで、サラが目を丸くしたのを見てバネッサが楽しそうに説明を買って出た。「この車はジョナスのおじいさんが乗っていたものだけれど、たいして距離も走っていないしきちんと手入れされていたので売ってしまうのももったいないと思ったの。どう？　兄に似合っているでしょう？　ジョナスはランドローバーのほうが気に入っているらしいけれど」

「これにはこれのいいところはあるさ」ジョナスは妹をさえぎった。

「ええ、リクライニングシートですものね？　ランドローバーはそれほどロマンチックじゃないけれど」バネッサは兄をからかい、それが自分に向けられたひやかしではないと知りながら、サラは肌が火照るのをどうすることもできなかった。

車の中は高級車特有のレザーシートの匂《にお》いがし、サラは珍しそうにくるみ材のダッシュボードに手を触れた。

目をそらしてはいても、ジョナスが運転席に滑り込む様子は手に取るようにわかる。ドアが鈍い音をたてて閉まり、エンジンがかすかなうなりをあげて回転を始めた。

「バネッサの冗談は気にしなくていい」シートベルトを締め、ジョナスは冷ややかに言った。「リクライニングシートを利用して女の子を口説く年齢じゃないからね。どちらかというとゆったりしたダブルベッドのほうが好みに合っている。人目を気にする必要もないしね」

彼の言葉がもたらしたイメージはサラを困惑させ、彼女はどうしてよいかわからずに窓の外を見つめた。大きなダブルベッド。彼のからだにからみつくスリムな肢体。それは確かにサラ自身のイメージだった。

思わぬ感情の激しさに恐怖に駆られ、サラは震える。彼女自身に起こっている変化が理解できない。こんなふうに彼に反応を示す自分が許せない。ジョナスに、いやほかのだれに対してもこんなふうに感じたくはない！　すでに愛するひとを失っている。その苦しみを二度と味わわないためには二度と恋をしないことなのだ。

恋？　とんでもない！　絶対に恋などしやしない。リックを愛しているのだから。いつも呪文《じゅもん》のように唱えてきた決まり文句を心の中で繰り返し、サラはいくらか心を落ち着かせ、ジョナスの言葉に突然呼び覚まされた欲望を鎮静させた。それにしても――サラは腹立たしげに考える――なぜジョナスがそばにいるだけで理性が跡形もなく消えてしまうのだろう？　好きでもない男性に肉体的に惹《ひ》かれるなど今までのサラにはとうてい考えられないことで、彼女は自信を失い、うろたえていた。自分自身を抑制できないと考えるのは不安であり、意志の力が肉体にまで及ばないと知るのは恐怖であった。

「そのドレス、とてもよく似合っているね」ジョナスがつぶやくように言った。「今のファッションには欠けている雰囲気がある。うまく言えないが、男性が愛する女性に着てもらいたいと思うようなドレス、とでも言ったらいいかな？　ぼくのためにその服を選んでくれたとしたら悪い気はしない」

彼の声は聞き取りにくいほど低く、静かだったが、サラはその意味を理解して凍りつき、ハンドルを握るジョナスをにらみつけた。

「あなたのためにこれを選んだわけじゃないわ」思わぬ激しさでサラは言った。「衣装だんすに掛かっていたイブニングドレスはたまたまこれ一着きりだった。だからこれを着るしかなかったのよ」

それは事実ではなかった。でもそんなことはこの際どうでもいい。ジョナスはほんの一瞬道路から目を離し、その目に警告をひらめかせて頑なな同乗者を見やった。

彼がそれを信じていないのは明白で、サラは残酷にとどめを刺した。「もし知りたいなら教えてあげる。このドレスはフィアンセのために買ったのよ。ただ、これを着るはずだったパーティーの前に彼は死んでしまったけれど……」

喉が詰まり、サラはいきなり黙り込んだ。このまま話し続ければ涙があふれ、尊大な男の前で弱さをさらけ出すことになるだろう。

彼の腕に抱かれ、その胸にこの惨めさ、後ろめたさを吐露したら、ふたりの関係が完全に変化するかもしれないという思いが脳裏をかすめる。しかしサラはそうなることを望んではいない。むしろ彼を嫌悪し、憎んでいたかった。彼がすばらしい男性であることを認めたくなかった。それを認めればどうなってしまうか、無意識のうちに心のどこかでわかっているのかもしれなかった。

突然急ブレーキがかかり、サラの胸にシートベルトが食い込んだ。

彼がうさぎか鳥をよけるためにブレーキを踏んだのかと思ったが、ハンドルをぎゅっとつかんで横を向いた怒りにゆがんだ顔を見て、サラは急停車の原因が自分にあることを知った。

大きな手に肩をつかまれてもシートベルトのせいで逃げることはできない。グレイの瞳には忍耐の限度を超えた憤怒が燃え、鼻孔と唇の周りの緊張はサラを怖《お》じ気《け》づかせた。

「もしぼくを死んだ恋人の身代わりにするつもりなら……」

「あなたをリックの身代わりにするですって？」今まで慎重に避けてきた状況に無鉄砲に飛び込んでいることをはっきりと意識してはいたが、もうあとには引けず、サラは怒りに対して怒りで応じた。それは彼への怒りであると同時に彼女自身への怒りであったかもしれない。

「そんなことありえないわ!」サラは敵意を隠そうともしない。「あなたなんかリックの足もとにも及ばないのよ、わかって? 彼はあなたと違って……いったいどうしたというの?」ジョナスがいきなりアクセルを踏み、車をすごいスピードでUターンさせたかと思うと町とは反対の方向に走り出したとき、サラはびっくりして叫んだ。

交差点まで戻ってもコテージの方には曲がらず、彼は自分の家のゲートまで突っ走るとようやくスピードを落とし、車寄せにハンドルを切った。

「どういうつもり?」不安をつのらせてサラはきいた。「町に食事に行くんじゃなかったの?」

「初めて君と会った日にすべきだったことを今するんだ」玄関のすぐ前に車を止めてジョナスは恐ろしく頑固に言った。「君のフィアンセは死んだってことを、君とぼくはまだぴんぴんしてるんだってことを、今から君に教えるつもりだ。永久に過去にしがみついて生きるのは不可能だし、君もいいかげん現実を直視するころあいだとは思わないか? リックは死んだという現実を? 彼を今でも愛していると君がどんなに言い張ろうが、思い出が君を抱き、愛撫《あいぶ》し、生きている者が与えられる快楽を味わわせられるとは思えない」

彼を打とうと振り上げた手を、ジョナスは素早く受け止め、ねじり上げる。

「ちょうどいい」ジョナスはくぐもった声でつぶやき、ぎらぎらした目をいくらか細めて顔を近づけてきた。「これでやりやすくなった……」

唇と唇がぶつかり、情熱のリズムで動く舌は衝撃的な震えをサラの背すじに沿って走らせた。内部にたぎる熱いものは怒りだろうか――サラは頭の片隅でぼんやりと考えながら侵略に抵抗しようとするが、もがけばもがくほど、彼の攻撃は粗暴さを増していった。あらわな背中をさすり、薄いシフォンに包まれた胸を探り……彼は完璧《かんぺき》にサラの自制心を打ち砕いた。

彼女の中のおかしさをこれほどまでに駆り立てるのはこの男のなんだろう? 豊かなバストがたなごころのぬくもりに敏感に反応し、うずき、張りつめるのを意識しながら、すでに抵抗を忘れたサラはもうろうとした頭で考えていた。サラがどんなに彼を求めているか、ジョナスはすでに知っているに違いない。しかし不思議なことに、サラは恥ずかしいとは思わず、一種の陶酔感すら覚えていた。

怒りに始まった戦いはいつの間にかその性格を変え、彼らは今、熱烈に愛し合う恋人同士のようにからみ合い、求め合っていた。

強引なキスと巧みな愛撫に酔いしれていたサラは、突然彼が身を引くのを感じて当惑する。しかしジョナスはしっかりとサラの両腕をつかんだまま、うるんだブルーの瞳をのぞき込んだ。

サラはあざけりを、嘲笑を予期して身構える。ところが意外にも、ジョナスはかすれた声でこう言った。「サラ、君といるとどうしてこんなふうになってしまうのか、ぼくにはわからない。わかっているのはただ、今までこれほどぼくを夢中にさせる女性に会ったことはないということだけなんだ」彼は震える指で半ば開いた唇をなぞった。「話し合おう。ここではなく、家の中で」

急に独りで歩く力を失ったかのように、サラはジョナスに支えられて車から降り、明かりの消えた玄関ホールに入っていった。ジョナスはまずホールのシャンデリアをつけ、書斎らしい部屋の重厚なドアを押した。

さっきジョナスの声に聞いた赤裸々な情熱がまだ信じられずに、サラは彼にうながされるまま革張りの大きな長椅子に腰を沈めた。

隣に座ったジョナスは車の中での彼とは別人のようで、いくらか緊張し、落ち着きを失っているように見える。ジョナスが？　あの傲慢《ごうまん》なジョナスが、こともあろうにひとりの女の前で緊張する？　あまりにもばかげた想像をサラは心の中で笑った。

抱擁から、彼女の感覚に信じられない影響を及ぼす強力な呪縛《じゅばく》から解放された今、サラは再び相手に対する敵意がこみあげてくるのを感じていた。車の中で起こったことについて深く考えるのはよそう。それは危険すぎる。

「死んだ恋人のためにそのドレスを買ったと言ったね？　それを聞いて君を絞め殺してやりたいとさえ思った」

ジョナスは抑揚のない声で言い、それがジョークやあざけりでないことに気づくのに数秒かかった。

高い頬骨の辺りがいつになく紅潮し、口もとは厳しく引き締まり、首のつけ根で血管が波打つのが見える。

「サラ、ぼくは君に恋してしまったらしい」同じように抑揚のない、荒涼とした言い方で彼は続けた。「初めて会った瞬間から君に惹きつけられた。でもそれだけじゃない、君を愛している」

その言葉をすぐには理解できなかった。しかし驚きのあまり機能を失っていた頭が再び活動し始めたとき、サラはブルーの瞳を見開いて隣に座っている男性を見つめた。ジョナスが恋をした？　うそ！　そんなはずはない！　そう声に出して叫ぼうと口を開くが、そのときサラを襲った狂暴な怒りがほかのすべての感情をのみつくした。愛しているですって？　いいえ、サラを愛したのはリックひとり。サラが愛したのもリックひとり。リックはジョナスのように手荒に彼女を扱いはしなかった。リックはサラをあがめ、ほとんど恭しく彼女に接した。おかしくなったような欲望と怒りでこの肌をむさぼりはしなかった。リックは……リックは……不安と心の葛藤に追い詰められ、激しい苦悩の嗚咽《おえつ》が唇からこぼれた。この男が私を愛している？　よくもそんなことが言えたものだ。大切な思い出を奪い取ろうとしてもそうはいかない。ジョナスの愛など欲しくはない。だれからも愛されたいとは思わない。潜在意識の中で、愛に心を開くことは、即ち苦しみの可能性に自らをさらすことだということを知っている。今までに一度その苦しみを味わっている——二度と再び同じ苦しみを引き受けるつもりはない。

「まだ二、三回会っただけなのに、どうして私を愛しているなんて言えるの？」不信もあらわに、サラはじっとジョナスを見つめた。もしこれほど腹を立てていなかったら、彼の顔に浮かんだ真実の色に気がついていただろう。

「あり得ないことだとはわかっている」ジョナスは自嘲気味にほほ笑んだ。「でも事実は事実だ。ティーンエイジャーじゃあるまいし、まさかこの年齢で君に一目ぼれするとは思わなかった。いままでのぼくだったら、それこそ絶対に起こり得ないことだと断言しただろう。正直なところ、ぼくはこんな気持になったことを悔やんではいない。これまで生きてきたなかでさまざまな愛のかたちを見てきたし、愛の残酷さも知らないではない。そしてぼく自身、女性とのかかわり合いを避けてきたのは事実だ。ところが運命ってやつは思わぬいたずらをするものらしい。君に対してどんなふうに感じているか、言葉で説明したり明確な定義づけをしろと言われても困るが、この感情が本物であることは間違いない」

ジョナスは手を伸ばしてサラの顎を支え、真っすぐにブルーのまなざしをとらえた。「そして君もぼくに対して何かを感じているはずだ」彼はひどく穏やかに言い、口をつぐんだ。

「いいえ、何も感じないわ」不安がみぞおちをちくちくとつつく。「何も」

サラは彼から少しでも離れようとしながら必死でうそをついたが、彼は顎を支えていた手をうなじに滑らせ、サラを引き止めた。

「リックを愛しているんですもの……」サラは相手から目をそらしてつぶやいた。「今までずっと彼を愛してきたし、これからも愛し続けるわ」

「死んだ男を？」ジョナスは吐き捨てるように言った。「君は思い出を愛しているんだ、サラ。もはやこの世で君を抱けない男を、君の熱い血をかき立てることもできない男を……」

「やめて！　それ以上聞きたくないわ！」

「なぜ？　真実だから？　君は未知の感情を恐れるあまり過去の中に閉じこもっている。君がリックを愛せるはずがない……つまり、ぼくが知っている愛のかたちでは。現実の世界を見る勇気がないので、君は〝過去〟という安全地帯に逃避しているんだ」

「違うわ」サラはすすり泣きながらささやいた。

「違う？　じゃ、ぼくたちのあいだにあるこの激しいものを君はどう説明する？　君がどう言おうと、ぼくたちのあいだに何かが存在するのは確かだ」

「性的な引力」硬直した喉から絞り出すようにサラは言った。うそでもなんでもいい、とにかく危険から身を守らなくては。「ただの欲望にすぎないわ」

サラはそう言ったことをすぐに後悔した。その目に怒りを燃やし、不快な笑みに唇をゆがめ、ジョナスはサラの髪の中に指を差し入れてがっちりと頭を支えるとかつてない激しさてキスをした。そして再び、サラは溺《おぼ》れてゆく……。

生まれて初めて、サラは男の強さを知った。彼女をベッドに誘うには、彼のたったひとこと、ほんの一瞬のまなざしで十分だったろう。もっと彼に寄り添いたい……邪魔な衣服を脱ぎ捨て、素肌と素肌を触れ合わせたい……彼の唇が離れるまでに無限のときがたったように思われ、サラは震えて目を開き、グレイの瞳に勝利のきらめきを見た。

「そう？　これがただの欲望？」

なんとしても彼の勝利を認めるわけにはいかない。リックへの愛を冒涜《ぼうとく》した彼に仕返しをしなければならない。

「ええ、それだけのことよ」サラはきっぱりと頭をもたげ、相手をにらみつけた。「もしあなたが望むならベッドに行ってもいいわ、ジョナス。でも愛は抜きでね」

自分の大胆さにびっくりして、サラははっと息をのんだ。ジョナスの瞳は鋼のように硬く凍りつき、唇は残酷に結び合わされる。

「なるほど、ぼくとベッドに入るのはかまわないというわけか？　なぜ？　死んだ男を愛していても欲求不満は解消されないから？　残念だが、サラ」不気味なほど柔らかな口調でジョナスは言った。「そんなゲームに参加する気はない。君の期待に添えないのは悪いが」ジョナスはサラが彼を求めていることを知っている。知っていながらそれに応じるつもりはないと断言しているのだ。「火遊びはしないことだ」彼はサディスティックに笑った。「家まで送ろう。君の部屋の小さな冷たいベッドで独りになったら、ぼくを思い出すといい」

切望と敵意にからだを震わせ、サラは言い返す。「私のベッドは冷たくないし孤独でもないわ、ジョナス。たとえリックの肉体は存在しなくても、彼は私の心の中にいつまでも生き続けているのよ」

一瞬、サラはジョナスに殴られるだろうと感じた。必死で自制しようとしているらしく、肉体が張りつめるのがわかる。しかし彼は何も言わずにドアを開け、彼のあとからホールに出ていきながら、いっそのこと思いきり殴られたかったとサラは考えていた。彼の中に抑制できない怒りをかき立てることこそ、サラの望みではなかったか？　彼がその怒りに屈し、暴力をふるったとしたら、それこそ彼を軽蔑《けいべつ》するいい理由になるだろう。ところが、現実に冷ややかな沈黙に支配された車の中でサラが軽蔑したのは、ほかならぬ彼女自身であった。

幸い、サムもバネッサも自分たちの会話に夢中になっていて、頭痛がするので早く帰ったというサラの言葉に一応心配そうな顔をしたが、それ以上せんさくしようとはしなかった。独りでベッドに入って初めて、サラはジョナスとのあいだに起こったことについてじっくりと考え始める。ジョナスがほんとうにサラを愛しているとはとても信じられない。でももしそれが事実だったら？　そう思うと心は不安にざわめいた。その不安は彼女自身のもろさ、彼に対する抵抗力のなさから来るものであることを知っている。サラは震える。ジョナスに抵抗できないとしたら、それは肉体的な意味でしかない。確かに彼の愛撫には我を忘れてしまう。でもそれだからといって彼を愛しているわけではないし、彼に愛されたいと願っているわけでもない。絶対に！

ほんの二、三回会ったきりの相手に恋するなどということがあるだろうか？　それもあの尊大なジョナスが？　リックと出会ってから恋に発展するまでにはかなりの期間があった。とはいえ、ジョナスがいいかげんなことを言ったとは思えなかった。グレイの瞳には真実が、赤裸々な情熱があったことに間違いはない。サラはそのとき初めて、ジョナスのようなタイプの男にとって、あんなふうに感情を表すのがどんなに難しかったかということに気がついた。それとも、拒絶されるという考えは一秒たりとも彼の頭に浮かばなかったのかもしれない。おそらくそうだろう。うぬぼれの強い自信家……サラはそう考えることで後ろめたさから解放され、ベッドの中で寝返りを打った。

6

それから三日間、ジョナスにもバネッサにも会うことはなかった。サラは、かかわり合いたくないという彼女の言葉をジョナスが受け入れたのだろうと考え、これでよかったのだと思い込もうとした。

雷雨が続いたせいで庭仕事はできなかったが、家の中にもすることは山のようにある。でも今となっては室内装飾を好みのままに進めてもいいものかどうか自信がなく、ある日の午後、サラは思いきってバネッサとのことを兄にきいてみた。

「このごろバネッサに会わないわね」サラは言い、サムがいやな顔をするのに気がついた。

「もうここには来ないようにと言ったから」彼は目を上げ、妹の驚いた顔を見て車椅子の中で落ち着きなくからだを動かした。「会ってなんになる？　彼女に与えられるものは何もない。この脚は二度と以前のようにはならないんだ。ぼくは一生、車椅子から完全に解放されることはないだろう。六歳の娘がいるし、感情的にも重荷を背負っている。バネッサがあれほど感じやすくなかったら……」

「だったら彼女を愛していなかったんでしょう?」サラは静かに言った。「でも兄さんは彼女を愛している、違う?」

「愛しているからこそぼくみたいな男に彼女を縛りつけたくないんだ。経済的にはなんの問題もないが、ジョナスが彼女に与えられるすべてをぼくが彼女に与えられるとは思わない」

「ええ、そうかもしれない。でも彼女がそんなものよりもっと必要としているものを、兄さんは与えられるんじゃないかしら? バネッサは兄さんを愛しているのよ。兄さんが彼女を愛していないなら、兄さんの決定に口をはさむつもりはないわ。でも彼女を愛している。そしてもし私のことを気にしているならやめてちょうだい」サラはきっぱりと言った。

「私はこれから秘書の仕事に戻るトレーニングをして、いずれいい仕事を見つけて……」

「おまえはずっとぼくたちといっしょに暮らせばいい」サムは乱暴にさえぎった。「バネッサだってそれくらいのことはわかっているさ。彼女が同情心からぼくを気にかけているんじゃないとわかりさえしたら……」サムは表情をこわばらせ、本音を口走った。「バネッサは、明日、ぼくを病院まで連れていってくれると言ったんだが、おまえに頼むつもりだと言って断った」

「じゃ、彼女に電話をかけて事情が変わったと言ったほうがいいわ」サラは反射的に言っていた。「明日の午後は絶対に断れない約束があるの。だから私をあてにしないで」

「約束って、ジョナスと？」サムは妹をひやかした。「なるほどね。おまえは口で言うほど男性に無関心でもないらしい。だとしたらバネッサは大喜びするだろう。おまえがジョナスには理想的な女性だといつも言っていたから。今まで彼はどんな女性にもまったく興味を示さなかったらしい、おまえは別としてね」

バネッサとサムのあいだをとりもつつもりで架空のデートをでっち上げただけなのに、その相手がジョナスだと思い込んだ兄にサラは驚かされた。

サムはしかし、再びまゆを曇らし、車椅子から降りて庭に面したガラス戸の方に足をひきずっていった。精神的な動揺のせいか、足取りはいつもよりぎくしゃくしている。「電話をかけることなどできそうもない」サムは寒々とした声で言った。「彼女がぼくをどう思っているにせよ、ぼくの決定はすべて彼女自身のためなんだ。今のところはぼくを愛していると思っているかもしれないが、足が不自由な男と暮らすのがどんなに大変か、彼女がわかっているとは思えない」

「ええ、たぶんわかっていないでしょう。でも、その現実を彼女が引き受けられるかどうか試すチャンスすら与えないのは公平じゃないわ。もし立場が逆だったら、サム、あなたはそれでもバネッサを愛するかしら？」

「もちろんだ」サムは間髪を入れずに応じ、それからちょっと困ったようにまゆを上げた。

「わかったよ、サラ。しかし問題は……」

「問題なのは兄さんのつまらないプライドよ。結婚してもバネッサを幸せにできないと思い込んでいるようだけれど、彼女を拒絶することでもっと彼女を不幸にしているのがわからない？　兄さんはもちろん結婚を前提としているのでしょう？」

「決まってるじゃないか！」サムは激しい口調で言った。「ぼくをなんだと思っている？　それでなくてもバネッサは苦い経験をしてきている。彼女は一時的な恋愛ごっこを楽しめるようなタイプじゃないんだ。結婚という永続的なつながりの中に幸せを見いだす女性だと思う」

「ええ、そうね」サラはうなずいた。「電話をかけて、サム。そして考えを変えたと言うのよ。バネッサが兄さんとやってゆけるかどうかはわからない。でもその決定を下すのはバネッサよ、兄さんじゃないわ」

サムは車椅子に戻り、電話に手を伸ばした。番号をそらんじているらしく、プッシュホンのボタンを押す指にためらいはない。電話口に出たのはバネッサらしく、その名を呼ぶ兄の声は心なしか感情にかすれていた。サラは兄を残し、足音を忍ばせて部屋を出た。

翌日ステーションワゴンでサムを迎えに来たバネッサを一目見て、昨日の電話での話し合いがあまりうまくいかなかったらしいとサラは感じた。

唇は硬く結ばれ、顔色は青ざめていて、サラはなんとか彼女を力づけたいと思ったが、個人的な領域に立ち入ることはできなかった。でも何も知らないカーリーは大喜びで二階から駆け下りてきて、バネッサに体当たりするように抱きついた。

「バネッサはあたしのと同じような熊《くま》ちゃんを持っているんですって」カーリーはサラに教える。「その熊ちゃん、あたしに見せてくださるのよ」

「残念だけれど今日はだめなの」バネッサは悲しげにほほ笑んだ。「今日はあなたのお父さまを病院に送っていかなければならないのよ」

彼らの出発を遠くから見守っていたサラは、バネッサが車に乗り込むサムに手を貸そうとしないのに気がついた。サムに近づくのを、触れるのを、恐れているかのようだ。一見よそよそしく見えるバネッサの態度にもかかわらず、彼女が心の中でどれほど苦しんでいるか、サラにはよくわかった。

恋をしている女性はみな同じ苦しみを背負っているのだ。恋の苦悩についてひとはめったに口にしないが、その存在を否定できる者はいないだろう。リックを愛し、そして失ったとき、サラ自身その苦しみを経験した。それゆえに二度と再び恋はすまいと心に決めたのだ。

心に決めた？　階段を上がる途中でサラはふと足を止める。ほかの男性を愛せないのは意志力で自分を抑えているからではなく、リックを忘れられないからではなかったか？

しばらくして病院から帰ったふたりはさっきよりもずっと元気になっていた。そしてサムはカーリーをサラに頼み、バネッサと食事に出かけた。

幸せそうに手を振るふたりを見送りながら、この胸苦しさは羨望《せんぼう》ではないとサラは自分に言いきかせた。二度と恋はしたくないと誓ったのであれば、恋するふたりを見て羨望するのはおかしなことである。

だいぶ遅くなって帰ってきた彼らに、サラは今日は疲れたので先に休ませてほしいと言って二階に上がった。

しかし事実は、神経はぴりぴりと張りつめ、目はさえざえとして、とうてい眠る気分ではない。バネッサの車が遠ざかる音を聞いたのは、それからかなりあとのことだった。サムとバネッサは仲直りをし、階下で愛し合っていた……？

不可解な感情に震え、いつものように懐かしいリックの顔を思い浮かべようと必死の思いで目をつぶるが、彼のイメージは頑として現れることを拒んだ。その代わりに現れたのはジョナスであり、そのイメージはどんどん膨れ上がってはちきれんばかりになり、サラは彼から逃れようと枕《まくら》の下に頭を埋《うず》めた。

その週、サラの張りつめた神経はいっこうに和らぐ様子もなかった。リックのことを考えて心を落ち着かせようとするときはいつも、ジョナスの個性的な顔が死んだ恋人とのあいだに立ち現れるのだった。

それが不当であることを知りながら、サラはリックのイメージが遠のいてゆくのはジョナスのせいだと決めつけた。彼女はふたつの感情のあいだを揺れ動いていた――二度とジョナスに会いたくないと思う一方、なんとしても彼に会い、これ以上苦しめるのはやめてほしいと懇願したかった。

金曜日の夕方、サムとバネッサが外出し、サラはまたカーリーのお守りを引き受けた。いやな天気で、ひどい頭痛がしてサラは早めにベッドに入った。鎮痛剤を飲んだせいで間もなくうとうとし始めたが、一時間ほどして、彼女はひどく官能的な夢にゆさぶられて目を覚ました。

その夢は驚くほど現実みを帯びていて、ベッドにいるのはサラひとりであり、ジョナスが隣にいるはずがないと悟るまでに何分かかかった。ジョナス……たとえ彼が存在しなくても、からだはうずき、肌は熱く燃えている。彼の手の動き、唇の感触、すべてはあまりにも鮮烈で、単なる夢の一部分であったと信じるのは難しかった。

意識がはっきりしてくるに従って孤独感がつのり、サラは固く張りつめた胸に両手を押し当ててこみあげてくる涙をのみ込んだ。

頭痛はさっきよりもひどくなり、こめかみが重苦しい心臓の動きとともにずきずきと脈打っている。サラは泣きながらベッドから下りてガウンを羽織り、窓辺に立った。

夜の空気は雷雨を先触れするかのように湿り気を帯び、暑く、そよとも動かない。雷鳴のあとには、空気を浄化して緊張を取り除く慈雨が降るだろう。でもサラに関していえば、この張りつめた神経を和らげてくれるものは何ひとつなかった。

性衝動に自らを明け渡したいというこの荒々しい願望は、サラにとって未知のものだった。でもリックを愛していたのだから、彼に対しても同じような衝動を感じたはずではないか? いや、愛しはしても肉体的に求め合うことはなかった。サラはまだ若くて男性を知らず、リックはそんな彼女を優しく守り、激情に我を忘れるようなことはなかった。もしかしたら、この熱い思いはサラが成熟したというしるしかもしれない。それとも、リックが永遠に失われたという孤独感にあおり立てられた感情だろうか?

窓から外を見ていると隣の温室に明かりがつくのが見え、向こうから気づかれるはずはないと知りながらサラは反射的に身を隠した。今週の初め、ジョナスは仕事で出かけているとバネッサは言っていたけれど、どうやらもう帰ってきたらしい。

それにしてもどうしてジョナスの夢など見たのかしら——それもベッドを共にする夢を?

おそらく頭痛薬が神経になんらかの影響を及ぼしたに違いないと自分に言いきかせ、サラはおぼつかない足取りでベッドに戻った。

その夜じゅう雨が降り、雷鳴のとどろきにサラは何度か目を覚ました。ようやくベッドから起き上がったのはかなり遅くなってからで、彼女は手早くシャワーを浴び、着替えを済ませて階下におりた。キッチンではサムとバネッサが何やら熱心に話し合っていて、サラは戸口で立ち止まった。

「おはよう、ねぼすけさん」サムが顔を上げ、上機嫌で妹をからかった。「コーヒーは？」

「ええ、一ガロンほど飲みたい気分」サラは言い、昨夜は楽しかったかと問いかけた。

兄とバネッサが交わしたまなざしに気づき、サラは思いがけぬ痛みを胸に覚えた。

「ああ、とても」サムはさりげなさを装おうとしているようだったが、あまり成功してはいなかった。「ぼくたち婚約したんだ」サムは誇らしげに言い、バネッサの手を取って唇をつけた。

「私をびっくりさせたかったのならおあいにくさま」胸の痛みに気づかぬふりをしようと努め、サラはバネッサを、それから兄を抱き締めた。

兄がバネッサと結婚することによって過去を葬り去るという事実がサラを苦しめているのではなかった。そうではなく、兄と妹が、今やその人生に愛を持つ者と持たぬ者とを分ける、決定的なラインの左右に隔てられたという現実が彼女を苦しめていた。

これは嫉妬《しっと》なんかじゃない――兄とバネッサが交わす優しいまなざしを見守りながらサラは自分に言いきかせた。嫉妬であるはずがない。彼女が望みさえすれば、ジョナスとかかわりを持つことだってできたのだから……。

「ジョナスは帰ってきているようね？」サラはなぜかまったく言うつもりのないことを口走っていた。「きのうの晩、温室に明かりがついているのを見たわ」

「ええ、サムといっしょに出かけるちょっと前に帰ってきたの。私たちの婚約のニュースが兄の気持を明るくしてくれるといいけれど。このところ兄は何かで思い悩んでいるらしくて、いつもぴりぴりしているわ。機嫌が悪いなんていつもの兄らしくないのに。仕事上の問題を抱えているときでも、今みたいに不機嫌になったことはないんですもの」

「彼にも人生のパートナーが必要なんじゃないかな？」サムは笑った。

「そうね」バネッサは眉間《みけん》にしわを刻んだ。「父も母もずっと兄の結婚を望んできたわ。でも私の母はこう言うの——実の母親を失ったショックがあまりにも大きかったので、ジョナスは今でもひとを愛することを怖がっているんじゃないかって。おふたりとも似たような経験をなさったから兄の気持をわかってくださるわね？　兄はああ見えてもほんとうはロマンチストなんです。私がみごもったとき、もしだれかが兄の子をはらんだら、絶対にその女性をほうり出したりはしないと言っていたわ——だいぶ昔のことだけれど。兄はひと一倍責任感が強いんです。私があの家を離れたら本気で結婚を考えるようになるんじゃないかしら？　あの家をやっていくには兄ひとりでは無理ですもの。とても美しい家、でも維持費が大変だし……」

「結婚相手はお金持じゃないといけないようね？」サラは冗談めかして言ったが、バネッサは真顔で反対した。

「いいえ、サラ、兄はお金のために結婚するようなひとじゃないわ。考え方は古風だけれど、そのことに誇りを持っているの。そういうところは父親似なんでしょうね」

「つまり、何を言われてもはいはいと言うことをきく古いタイプの奥さんを望んでいるというわけ?」

バネッサは頬を赤らめ、むっとした様子でサラを見つめた。

「あなたとジョナスはお互いに気に入っていると思っていたわ」硬い口調でバネッサは言った。「でも考え違いをしていたようね。ごめんなさい、個人的な話であなたをうんざりさせてしまって」冷たくほほ笑み、バネッサはサムの方に首を巡らした。「そろそろおいとまするわ、ダーリン。さっき、昼食をとりながらカーリーに私たちのことを話そうって決めたけれど、それでいい?」

「もちろんだ」サムはきっぱりと言った。「〈ザ・ブル〉にテーブルを予約してあるし、カーリーにもとても大事な話があると言っておいた。何が起ころうとしているか、あの子はもう勘づいているようだ。昨日の晩子供部屋をのぞいたとき、あの子はお祈りがかなえられるのかとぼくにきいた。今までずっと、新しいママをくださいと神さまにお祈りしてきたそうだ」

バネッサの車を見送ると、サムは窓から振り向いてまゆをひそめた。「ジョナスのことで少し言いすぎたとは思わないか?」

「バネッサが気を悪くしたのなら謝るわ」サラはそっけなく言ったが、心の底では後悔していた。あんなことを言われても、バネッサは声を荒らげたり感情をむき出しにしたりはしなかった。そう思うとサラはいっそう居心地悪く、いっそう深い自己嫌悪に陥るのだった。

「バネッサはとても兄さん思いなんだ」サムはぽつんと言った。「おまえには彼女の気持がわかるはずじゃないか？　実を言うとぼくだって、おまえとジョナスがうまくいっているとばかり思っていたんだ」

「兄さんたちのほかにもう一組のカップルが誕生するかもしれないと思っていたの？」サラは相変わらず頑固に言った。「だとしたら都合がいいってわけ？　でも残念ながら私は兄さんとは違うわ。過去を忘れて新しい人生を始めるなんてとてもできやしない……」

「ちょっと待ってくれ」サムは怒りをたたえた表情で足を引きずってサラに近づき、その腕をぎゅっとつかんだ。「ぼくがバネッサとの結婚でホリーのことを完全に忘れ去ると思っているなら大間違いだ。バネッサもぼくも、カーリーが自由に母親のことを話せる環境を作りたいと思っている。バネッサと会う前、ホリーはぼくの人生のとても重要な部分を占めていたし、これからもぼくの心の中に生き続けるだろう。バネッサとの結婚イコール過去の消滅という式は成り立たない。ぼくはホリーを愛したのとはまったく違うやり方でバネッサを愛している。ホリーとぼくはとても若かったし、バネッサやぼく自身が経験した痛みにも無知だった。同じ愛し方ができるはずはない。どちらがいいとか悪いとかいう問題ではなく、ただ確実に違う、それだけだ。おまえは執拗《しつよう》なまでに過去にしがみついているが、なぜ過去にそれほど執着するのか、なぜ過去を過去の領域にとどめるのを恐れているのか、ぼくにはわからない。そんな生き方をリックが望んでいるはずは……」

「リックが何を望んでいるか、どうしてわかるの？」ヒステリックに叫ぶ声を聞き、サラはそれが自分の声だと信じることができなかった。

「おまえたちが知り合う前からぼくと彼とは親しい友人だったからさ」サムも同じように感情的になっている。「ぼくはおまえがリックを偶像化するのを黙って見守ってきた、サラ。しかし今こそはっきり言おう。おまえが思い出の中であがめ奉っているリックはぼくの知るリックの類似品にすぎない。彼は生身の人間であって神ではないんだ」

「やめて！　それ以上聞きたくないわ！」両手で耳をふさぎ、サラはいっきに階段を駆け上がって自室の安全地帯に逃げ込んだ。

ベッドに座り、彼女は年がいもなく兄にくってかかったことを後悔していた。何もかもジョナスのせいなのだ。彼が現れるまで人生は穏やかで満ち足りていたのに……。

今、サラは得体の知れない渇望に苦しんでいる。そしてその苦しみのためにいらだち、神経をすり減らし、怒りっぽくなっている。低くうめき、サラは両手に顔を埋めた。この渇望から解放される唯一の方法はそれに屈服することかもしれない。サラはそんなことを考える自分に腹を立て、ベッドから立ち上がって窓辺に寄った。

カーリーが庭でサイモンと遊んでいる。兄が結婚したらここにサラのいる場所はなくなるだろう。どこかほかに住むところを見つけ、自立するために仕事を探さなければならない。

間もなくサムとカーリーを迎えにバネッサが戻ってくるだろう。サラはちらっと腕時計を見下ろした。カーリーをおふろに入れて着替えさせる時間はたっぷりある。カーリーは新しい母親を喜んで受け入れるに違いない。彼女はすでにバネッサになついているし、バネッサも実の子と義理の子どもを差別するような女性ではない。

そろそろ支度させるためにカーリーを呼びに行こう。でもその前にサムと仲直りしなければ。

サラは少々肩をいからして階段を下り、兄の部屋に入ったが、仲直りは思ったよりたやすかった。兄もやはり仲直りを望んでいた。

「ぼくも悪かった。おまえを動揺させてしまったとしたら許してほしい。でもバネッサと会ってから、おまえがどんな暮らし方をしているかわかるようになったんだ。まるで修道女のように、現実の世界から離れたところで生きている。繰り返して言うが、それはリックが望んだ生活ではない。ぼくにはわかるんだ……」

「リックが望んでいるというより、私自身が望んでいるんでしょうね」サラはほほ笑むが、サムは引きさがろうともしなかった。

「おまえは怖がっているんだ」サムははっきりと言った。「それでリック以外の男性を寄せつけようとしない。それくらいのことはぼくにもわかるし、同情しないでもない。しかし自分自身をどんなに不当に扱っているか、現実に目を向けて気づいてほしい」

「いつまで話しても平行線をたどるだけだわ、サム。ひとそれぞれに考え方や生き方があるものよ。庭に出てカーリーを呼んでこなくては。そろそろ出かけるのでしょう？　兄さんは兄さんのやり方で幸せになって」サラは穏やかに言った。「さっきはひどいことを言ってしまって、ほんとうにごめんなさいね。バネッサと結婚してもホリーを忘れることにはならないのはよくわかっているの」

「そのとおりだ、おまえがだれかと結婚してもリックを裏切ることにはならないのと同じように」

サムは頑なに口をつぐんだ妹を見つめ、ため息をついた。「オーケー、これからは二度とそのことについては触れない。でもひとつだけ言っておきたいことがあるんだ。バネッサもぼくも、おまえにいつまでもここにいてほしいと思っている、わかったね？」

確かに今はそう思っているだろう。でもいつか、サムも妻と子どもたちだけで暮らしたいと思うようになるに違いない。でも、現在、そのことを議論することに意味があるとは思えなかった。

「結婚式はいつ？」

「なるべく早くしたいと思っているんだ。先に延ばす理由もないしね。バネッサの代わりにジョナスの農場の事務を引き受けてくれるひとが見つかるといいんだが。おまえにやってみようという気はないだろうね？」

「ないわ」サラはきっぱりと首を振った。ジョナスのために働くですって？　そう考えるだけでからだが震えた。

7

　空気をさわやかにするはずだった雷雨もそれほどの効果を残さず、庭にはどんよりした静けさが充満していた。牧草地の柵《さく》にもたれてろばに話しかけていると、昼食から帰ってきたバネッサの車の音がした。ドアがばたんと閉まる音がし、それから少ししてサムが庭に面したガラス戸を開け、そのあとからバネッサが出てくるのが見えた。

　サラは庭と牧草地を区切る生け垣の陰にいて、サムの呼び声にすぐに応じることはできなかった。そしてもちろん、今さら応じるには遅すぎる――サムがバネッサを抱擁するのを見て、サラは柵から離れながら考えた。

　ためらいも遠慮もなく、ただひたすら相手を求め合う熱に浮かされたようなキスの光景は、恐ろしい喪失感をサラの胸にもたらした。自分が走っていることにサラが気づいたのは、すでに庭を半ば横切ってからだった。

　サムもバネッサもお互いに夢中で、騒々しい足音にも気づいていないようだ。今となってはとうてい戻ることはできない――戻れば三人がそれぞれにばつの悪い思いをすることになるだろう。サラは自分を気取った女だと考えたことはなかったが、偶然目の当たりにした光景には特別に親密な何かがあって、彼らがほかのだれかに見られることを意識していたとはとうてい思えなかった。隣の所有地と接している庭の片隅には重くてがっしりした木戸があり、サラはその取っ手を回して向こう側に滑り込んだ。

その先にはポリエチレンで覆われた大きなドーム状の温室が並んでいて、その間の狭い通路を通って、サラはコテージの前を通過する道に出るための小路を探しに行った。そうすれば何食わぬ顔をしてコテージに戻ることができる。どこに行っていたのかときかれたら、ぶらっと散歩に出たのだと言えばいい。

考えごとをしていたので、ほとんどぶつかりそうになるまでジョナスに気づかなかった。ショックに続くショックで顔から血の気が引き、サラは思わず何歩か退いた。

「気をつけて、ここはあまりいい道じゃないから」ジョナスに腕をつかまれ、サラはどうしていいかわからない。彼のチェックのシャツは肘まで折り返されていて、引き締まった男らしい腕がのぞいている。彼はすてきな腕をしている――サラは頭のどこかでぼんやりと考えた――日に焼けすぎてもいないし、太すぎもしない。滑らかな筋肉に指を滑らせたいというばかげた欲求を葬り去ろうとやっきになり、サラは彼に対する怒りというより自分自身の荒々しい感情を恐れるあまり、いきなり彼の手から腕を振りほどいた。

後ろに身を引こうとしたとたん、ヒールが細かい石炭殻を敷きつめた通路に引っかかり、サラは左足首をひねって転倒した。鋭い痛みに彼女は叫び、次の瞬間、ジョナスがひざまずいて急速に腫《は》れてきた足首をさすった。「骨折はしていない。ただの捻挫《ねんざ》だろう」足もとにひざまずいているジョナスを見るのは妙な気分で、優しさにとてもよく似た感情がサラの胸を圧迫した。この豊かな黒髪に指を差し入れることができたら……。

「家まで連れていこう。傷を洗ったほうがいいだろうから」

彼はあっという間にサラを抱き上げ、突然のことに、サラは思わず彼の首にしがみついていた。男の肌の匂《にお》いがし、首すじにうっすらと汗が光るのが見える。

裏口のドアを、ジョナスは肩で器用に押し開けた。あらゆる筋肉の動きが彼のたくましさを伝えてくる。「二階で手当てをしよう」キッチンを通り抜けながらジョナスは言った。「すりむいたところをよく調べる必要がある。あの石炭殻が皮膚に食い込んでいたら大変だ」

「だったらなぜそんなもの使っているの?」彼の間近さをひどく意識しながら、サラは困惑から逃れるためだけにそうきいた。

「舗装するより安価だから。幸いあそこをハイヒールで散歩するひとはめったにいないんでね」ジョナスは皮肉っぽく付け加えた。「ぼくに会いに来たとは思えないが、いったいあんなところで何をしていたのか聞かせてもらいたいものだ」

サラは唇をかんだ。ほんとうのことを話せるはずもない。

「あの木戸の先に何があるのか知りたかっただけ」サラは仕方なく出まかせを言った。

彼が入った部屋はゲストルームらしく、家具はぴかぴかに磨き上げられ、ベッドを覆うカバーにはしわひとつない。

「ここはバスルームつきだから手当てするのに都合がいいんだ」ジョナスは言い、サラをベッドに座らせる。「ちょっと待っていて、ぼくの部屋からヨードチンキと包帯を取ってくる」それから彼は改めてサラを見下ろした。「今、木戸のこっちに何があるか知りたかったと言った？　意外だな。対象がなんであれ、君に好奇心てものがあるとは思わなかった」

からかわれているのがわかり、むっとするが、ジョナスが隣に座ってそっと腫れた足首を取ったとき、サラはびくっとからだを硬直させて顔をそむけた。

「傷はたいしたことなさそうだが、一応洗ってから調べてみよう。そこにいて」ジョナスは立ち上がってドアに向かった。

彼はほんの数分で戻ってきたが、そのあいだにサラはそろそろとベッドから下り、ぶざまなかに歩きで逃亡を企てていた。

ちょうどドアまでたどり着いた瞬間それは内側にさっと開き、サラはすくみあがった。

「いったいその足でどこに行こうというんだ？」

「電話を探しに……」サラは先生にしかられている女学生みたいにつぶやいた。「サムとバネッサが心配するといけないし」

「大丈夫、たった今コテージに電話してサムに事情を話しておいた。捻挫の手当てを済ませたら車で送っていくよ。相当痛くなるかもしれないが」ジョナスはそう言いながら、ベッドわきのテーブルに持っていたお盆を置いた。その上には水の入ったボールとヨードチンキ、脱脂綿、包帯、おまけにブランデーのボトルまで載っている。「これを飲むと痛みが和らぐんだ」いやな顔をしてボトルを見つめるサラに気づいて彼は説明した。「さあ、飲んで」

ブランデーグラスになみなみと注がれた液体に口をつけ、サラは慣れない味と匂いに顔をしかめた。

「なめるんじゃなく、ぐっと飲むんだ」

喉は火のようですでに頭がくらくらし始めている。そういえば今朝から何も食べていなかった。でももし拒めば、ジョナスは無理やり口をこじあけてでもブランデーを流し込むだろう。仕方なく、サラはグラスを干した。

「そう、それでいい」ジョナスはかがみ込み、足首を取って腫れた部分に手を触れた。「ジーンズが邪魔だな。できればはさみで切り裂いたほうがいいんだが、かまわない？まともに脱ぐと相当痛いはずだ」

問題のジーンズはくるぶし丈のぴったりしたタイプで、それを思いきり引っ張る場合の痛みを想像してサラは震え上がった。

ジーンズの外側の縫い目に沿っていかにも事務的にはさみを入れていくジョナスの手もとを、サラは不安げに見守った。その下には木綿のスキャンティー一枚しかはいていない。そしてジョナスがこともなげに切り裂いたジーンズを引きはがそうとするのを見て、サラは慌ててデニムの布地を押さえた。

「どうかした？」ジョナスはいぶかしげにきき、サラの顔つきを見て納得したように口もとをほころばした。「女性のからだを見るのは初めてじゃない」

「でも私のからだを見るのは初めてでしょ！」サラはむっとして言い返した。こんなに近くに、ほとんど平然と構えたジョナスを見るのは妙な感じがする。外で彼に抱き上げられてからずっと、またこの前のように愛の告白でもされるのではないかと身構えてきた。それなのに彼ときたら行きずりの通行人を助けたみたいに平静そのもので、感情の一片すら見せようとしない。どういうわけか、ジョナスはサラのいらだちを面白がっているようだ。サラは一瞬固く目をつぶり、楽しげに目をきらめかしてベッドの上に若くてしなやかなからだをかがめている男性の魅力に屈しまいと戦った。

いったい私に何が取りついてしまったの？　サラは自問した。ジョナスはひどく実際的にジーンズをはぎ取ろうとしているだけなのに、なぜこんなにうろたえる必要があるだろう？　彼がそばにいるというだけで、なぜ熱いものが胸もとにこみ上げてくるのだろう？

このすべの肌に触ってみたい……男っぽく硬い肌の匂いを吸い込みたい……。

強烈な彼の引力に抵抗しようと必死で、そのときジョナスが言った言葉の意味をすぐには理解できなかった。「生まれつきどこかが異常なの？　それとも、かつて神聖なるリックのものだった肉体をただの俗人に拝ませるわけにはいかないってこと？」

突然彼の皮肉を理解し、サラは怒りと屈辱感に頰《ひ》を燃やした。そして、こんな憎まれ口をたたく男にどうしようもなく惹かれる自分をのろった。

愛がなくても異性に惹かれるというのは確かな事実らしい。愛がないどころか気に入ってさえいなくても、とサラはひそかに付け加えた。ジーンズにしがみついたのは彼女自身の弱さを意識しているからだと知ったら、ジョナスはなんと言うだろう？　大喜びするに決まっている――この前、にべもなく彼をはねつけてしまったのだから。

でもあのときジョナスに言ったように、彼に対して感じているのはただの肉体的引力にすぎない。誘蛾灯《ゆうがとう》に集まる蛾のように、自滅することを知りながら危険に近づかずにはいられない、不可解な本能の働きでしかないのだ。

ジョナスは手際よく足首を洗い、腫れ上がった部分に的確に包帯を巻いていく。一瞬たりとも彼女のからだに関心を示さず、愛を告白した晩に見せた激情の片鱗《へんりん》すらうかがわせない。

精神的なショックと空腹に流し込んだアルコールのせいで頭がもうろうとしてきて、サラはいつの間にかベッドにからだを横たえ、ふかふかの羽毛枕《まくら》に頭を沈めていた。だれかが足首を放す。優しい手の感触が失われる。行かないでほしいと言おうとするが、その言葉は不明瞭《ふめいりよう》なつぶやきにしかならなかった。だれかがそっと部屋の中を動きまわっているのがわかる。それから辺りが暗くなり、至福の眠りが深い穴の中へと彼女を引きずり込んでいった。

それからどれほどたっただろうか、サラは歓喜に満ちた夢から徐々に目覚めていった。夢の中でサラは独りではなかった。このからだを抱き、愛撫《あいぶ》したのはだれだったかしら？　もちろんリック……いいえ、違う、リックではなかった。確かにリックは夢の中に現れたけれど、恋人としてではなく、サラが切実に求める男性とのあいだに冷酷に立ちはだかるいらだたしい存在として。で、その男性はだれ……？　ジョナス？

静かな湖面に素早く拡散するさざ波のように、衝撃がからだの中心から外に向かって広がり、ついには夢と現実の境界線を混沌《こんとん》の中にのみ込んだ。アルコールのせいか頭はすっきりせず、思考能力さえ奪われてしまったかのようだ。足首は痛むがそれほどひどくはない。カーテンが引いてあって室内はほの暗く、見慣れぬ家具類が黒いシルエットのように浮かび上がって見える。

現実が徐々に立ち戻ってきた。そう、ジョナスの夢だった——ジョナスがサラを愛する夢。リックが彼らのあいだに割って入り、サラは満たされぬままジョナスが遠ざかっていくのを見送る――夢の中から引きずってきた情熱にサラは震えた。リックのイメージに必死でしがみつこうとしても、神通力を失ったお守りのように、ぼんやりした彼の姿にはもはやジョナスを排除する力はなかった。リックの代わりに頭に浮かぶのはジョナスであり、からだがしっかりと覚えているのはジョナスの愛撫だった。どんなに否定したくても、ジョナスを求めてやまない深い内部の声を無視することは不可能だと、サラは気づき始めていた。

ベッドの中で落ち着きなくからだを動かし、伸ばした手がたまたまサイドテーブルの上のスタンドにぶつかった。それはすごい音をたてて床に落ちる。

幸い壊れはしなかったが、それを拾おうとベッドから下りてかがみ込んだとき、ドアがぱっと開いてジョナスが部屋に入ってきた。

「ごめんなさい。目を覚まして、うっかりスタンドを倒してしまったの」なんというぎこちない言い方だろう。サラは心の状態を気取られまいと、彼に背を向けたままつぶやいた。「今、何時ごろかしら?」

「それほど遅くはない。一時間ほど眠っていただけだから。ところで」ジョナスは淡々と続けた。「サムが電話をかけてきて、今夜君はここに泊まったらどうかと言っていた。君の捻挫を心配しているというより彼自身のためじゃないかな。たまにはバネッサとふたりきりでゆっくり過ごしたいんだろう」

「だってふたりはもうすぐ結婚するのよ、そのことは知っているのでしょう？」

内心のろうばいぶりを表すまいと、サラは低く抑えた声で言った。ここに泊まるですって？　そんなことに耐えられるはずはない。それでなくても、この内部の炎を鎮めてほしいと、いまにも彼の前にひれ伏してしまいそうな自分を恐れているのだから。

「知っているとも」ジョナスは感情のない声で言った。「彼らが結婚したら君はどうするつもり？」その言葉の裏には、たとえサムが彼女に同居を勧めているとしても、いつまでも兄の家族にくっついているべきではないというほのめかしがあった。

ようやくサラは振り返り、老婆のようにのろのろと立ち上がった。「まだ決めていないのだけれど、ロンドンに戻るかもしれないわ。都会のほうが仕事を見つけやすいし」

ジョナスが突然ひどい言葉でののしったので、サラはびっくりしてよろめき、足首の痛みにうめいてベッドの端につかまった。とっさに彼の手が伸びて彼女を支える。

すべては一瞬の出来事で、彼がののしったのが先かよろめいたのが先か、サラにはよくわからなかった。「ベッドから下りるからこんなことになるんだ！」ジョナスは乱暴に言った。

荒々しい震えがからだを突き抜け、彼と触れ合っているという酩酊《めいてい》感以外、すべては消滅した。だれかがこうささやくのが聞こえる。「だったらあなたが私をベッドに寝かせて」

サラが自分の言ったことに気づくと同時に、ジョナスはぴくっとからだをけいれんさせた。

「つまり、ぼくが欲しいということ？」腕を支えていた手をそろそろと下に滑らせていきながら、ジョナスはハスキーな声できいた。

リックとの思い出で愛に対して武装してきたというのに、ジョナスに触れられただけであらゆる決意、あらゆる理性が跡形もなく吹き飛んでしまうのはなぜだろう？　そして今、腕の内側の敏感な素肌にかすかに触れる指の動きを感じながら、たとえ命と引き換えでも、あの黄金の歓喜を味わいたいと願うのだった。

「ええ、とても」その言葉をほんとうに口にしたとは、とうてい信じられない。

「自分の言っていることがわかっている？　いや、答えなくていい」サラを抱き寄せ、彼はくぐもった声で言った。

彼から伝わってくる熱い鼓動を胸に感じ、忘我の世界に一片の現実が介入してくる。

「あなたはこの前、私をベッドに誘う気はないと、つまり、肉体だけのかかわりは持ちたくないと言ったわ……」

「そう言った？」からだを少し離してサラの顔を両手ではさみ、指で耳の後ろとうなじをさすりながら、彼は考え込んだ様子でじっとブルーの瞳をのぞき込んだ。

熱い唇が蝶《ちょう》のように触れては離れ、サラはそれを追い求めて唇を開いた。彼は小さくうめき、唇を合わせる。震えているのはサラ？　ジョナス？　それともふたりとも？

「君の言うとおりかもしれない」キスの合間にジョナスはつぶやいた。「これはただの性愛なんだろう。結局のところ、ぼくは救い難いロマンチストなのかもしれない。つい現実が見えなくなってしまうんだ」彼の声に響くかすかな硬さは敵意、それともさげすみだろうか?

「ぼくたちのあいだにあるものがなんであれ、ふたりともそれに逆らうことはできないと感じている、そうだね?」

彼はふっくらした下唇をそっとかみ、舌で愛撫し、サラの熱情をかり立てた。

「ええ……ええ……」耳慣れぬ、しわがれた声がささやくのが聞こえる。少なくとも彼らを引きつけてやまないのは性的な引力にすぎないことをジョナスは認めた。その事実は、サラの内部に深く根差した後ろめたさをいくらか和らげた。この切迫した渇望が単なる性愛にすぎないなら、それに屈してもリックを裏切ることにはならないだろう。

「欲しいのはぼくのからだだけ?」

荒涼とした問いかけが一瞬混濁した意識を貫いた。サラはグレイの瞳を警戒して見上げ、自信なげに言った。「何も欲しくなんかないわ」

ジョナスはTシャツの下に手をすべり込ませて胸をたなごころに包み、親指のはらで硬くとがった先端をなぶった。

「うそだ」彼は耳たぶに口をつけてささやいた。「君はこうして欲しいと思っている」親密な愛撫にぴくっとからだを震わせたサラに、ジョナスは小さく笑った。「これは……？」唇が重ねられ、それ以上耐えられずに、サラは喉の奥から絞り出すようなうめきをあげて彼のうなじに腕を回した。

それはリックと交わした優しいキスとは似ても似つかないものだった。今まで、これほど女であることを意識したことがあっただろうか？　これほどだれかを求めたことがあっただろうか？　常に控えめで物静かなサラにとって、この情熱の奔流は予期せぬものだった。リックの愛撫は快く、ある限界を超えることはなかった。そしてサラ自身も限界以上を望んだことはない。ところが今は、もしジョナスが身を引いたら、女のあらゆる武器を利用して彼を引き戻そうとするに違いなかった。

そのときジョナスは息を弾ませてからだを離した。「服が邪魔だ」うわずった声で言うと、彼はカーテン越しの薄明かりの中でシャツとジーンズをはぎ取った。

想像していたとおり、その肉体は男らしく引き締まっている。サラはこの年になるまで一糸まとわぬ男性のからだを見たことはなかった。もちろん、ちっぽけなトランクス姿のリックを見たことはあるが、それとこれとは同じではない。振り返りざま窓からの薄明かりをとらえた強靱《きょうじん》なからだのラインからは、何か野性の力強さといったものさえ感じられる。

サラは手を伸ばして彼に触れたいと願った。これがさっきの夢の続きではなく、ジョナスがほんとうにそこに存在していることを確かめるために。

「そんなふうにぼくを見ないで」その声には切迫した響きがあり、サラははっとして彼を見上げた。

「なぜ？」

「君のその手に愛撫されているような気がしてしまうから」ジョナスは再びサラを抱き、耳もとでささやいた。

サラはまだTシャツを着ており、彼らのあいだに介入するものはなんであれ排除したいと願うあまり、抱擁のなかでもどかしげに身をよじった。

「これを脱ぎたい？」セクシーなつぶやきとちくちくする胸毛の感触に、サラは燃え上がる。

前にそうしたように、ジョナスはTシャツの下に手を入れて胸を包み込むと、薄い木綿地の上からつんとそり返った丸みを口に含んだ。

彼らはいつの間にかベッドに横たわっていて、サラは重くのしかかるからだに閉じ込められ、シャツの上からではなく素肌に唇を感じたいという切望を伝えようと荒々しく首を左右に振り、シャツのすそを引っ張った。

ところがジョナスはサラのいらだちを面白がっているみたいで、シャツが濡《ぬ》れて肌にはりつくまでその拷問をやめようとはしなかった。サラは今までこれほど燃え上がったことはなく、念入りな舌の動きに激しく震えた。

もうこれ以上耐えられないと感じたちょうどそのとき、ジョナスは素早い動作で頭からTシャツを引き抜くと床にほうり投げ、ピンクにふくらんだつぼみを熱い唇のあいだにはさんだ。触れ合ったその部分から強烈な電流が流れ込んだかのようで、サラは歓喜におののき、たくましい背中の筋肉に爪を食い込ませ、彼にもっと寄り添おうとからだを弓なりにしならせた。頭がのけぞり、首すじのラインが美しい曲線を描く。

死ぬほどジョナスが欲しい。肌は燃え、からだは意思とはかかわりなく愛撫に呼応して動く。本能にせかされていとおしいからだを迎え入れて、サラは生まれて初めての甘美な一体感に感動の涙を流した。

初めてであってもほんのかすかな違和感以上の痛みはなかった。ジョナスは気づかないだろう……。

しかし激情の嵐《あらし》のさなかにあっても、ジョナスは気づいた。彼は一瞬静止して首すじから唇を離し、いくらか目を細めてサラを見つめた。「君はほんとうに……?」

サラは彼の唇に指を当ててその質問を封じ込め、内部に確実に存在する彼自身をいとおしみながらうるんだ瞳をきらめかせた。こうなることをどんなに望んでいたか、言葉で説明する必要はない。何も言わなくても肉体同士が語り合っているのだから。

ジョナスは繊細な指先を優しくかみ、それから熱く湿った口の中に吸い込んだ。

全身が燃えさかる炎の中に投げ込まれ、肌は火照り、汗が噴き出す。サラはおかしくなったように彼の求めに応じながら、喉のくぼみにたまった汗をぬぐう熱い舌の動きを意識していた。

今、サラをとらえ、駆り立てている切迫した渇望は、それまで経験したどんなものとも似ていないまったく未知の何かであり、その衝撃の激しさ、途方もなさはサラを面食らわせた。パートナーの野性のリズムをからだに感じ、それに応《こた》える以外、何ひとつ重要ではない……。

荒々しい歓喜の波が押し寄せてきて、サラは意識が遠のいていくのを感じながら叫び声をあげた。ジョナスは息を弾ませ、筋肉をけいれんさせ、サラの名を呼びながら頂上にのぼりつめ、炸裂《さくれつ》する。

ジョナスはそっとからだを離し、汗で湿った肌を優しく撫《な》でている。うっとりと心地よく、サラは温かいからだに寄り添ってため息をついた。まぶたが鉛のように重い。疲れきり、満ち足りて、サラは深い眠りの中に引きずり込まれていった。

8

何かすてきなことが待ち受けていると感じながら、それでも幸せな眠りから浮かび上がるのが惜しいような気がして、サラはゆっくりと目を覚ました。

手を伸ばして隣に横たわるジョナスに触れ、サラは過去に属する男の名をつぶやいた。ジョナスと共有したすばらしい経験から、からだも心もまだはっきりと覚醒《かくせい》してはいない。愛し合った男がジョナスではなくリックだと思い込むほうがたやすいし、ずっと安全でもあるだろう。

ジョナスは眠っているからサラのつぶやきに気づくはずもない……しかし〝リック〟という名が唇からこぼれた瞬間、ジョナスは振り向いてサラの腕を思いきりつかみ、そのからだをベッドに押しつけた。

「そう、そうだったのか？」彼はつかの間彼女の腕を放し、ベッド際の明かりをぱちっとつけた。「ぼくを身代わりに利用したんだね？」彼はしわがれた声で言う。「それに気づかなかったぼくもおめでたい。君の大事な純潔をこのぼくに与えるはずはない、そういうことか？」

それはささやきほどの声でしかなかったが、すさまじい怒りに満ちている。さっきあれほどの情熱でキスしたその唇は今や憤怒にゆがみ、グレイの瞳は荒涼たる冬景色のように冷たく、すさんでいた。

打ちのめされたプライドを守るために彼は怒りで武装している。サラはそのことに気づいても少しもうれしくはなく、かえって恐ろしい痛みとむなしさを覚えるだけだった。なぜなら愛し合っているあいだ、一瞬たりともジョナスをリックと思い込んだことはなかったから。サラを駆り立ててやまない熱い唇がだれのものか、からだにまわされたたくましい腕がだれのものか、彼女は正確に知っていた。頭の中に真実がひらめき、サラは狂暴な痛みに引き裂かれた。愛しているのはリックだとどんなに自分に言いきかせようが、ジョナスに感じるのは単なる肉欲だとどんなに主張しようが、サラはそれでもジョナスを愛していた。彼女を絞め殺さんばかりの形相でにらんでいるこの男を。

そのことを知ったショックはあまりにも大きく、一瞬、頭脳は機能を停止したかのようだった。その次の瞬間頭に浮かんだのは、この感情をどうあっても彼に知られてはならないということだった。もし彼に知られてしまったら……？　ジョナスの愛の告白をはねつけたのはそう遠い昔のことではない。今度は彼のほうがサラをはねつける番？　いや、そんなチャンスを彼に与えるわけにはいかない。

でももし彼がはねつけなかったら……もしほんとうにサラを愛していたら……？　たとえそうであっても状況が変わるとは思えない。リックが死んでから、二度と再びひとを愛すまいと心に決めたのだ。愛を手に入れたとしてもいつかはそれを失うときが来る。その苦しみを寄せつけないために、心の決定に従おう。

ジョナスをリックの身代わりにした？　それは事実ではない。でもジョナスにはそう思い込ませておくほうが安全だろう。

「リックってやつはいったいどういう男だったんだ？」ジョナスはサラの口から決定的な言葉を聞きたがっているかのように細い肩をつかんで揺すぶった。「なぜ彼は君を抱かなかった？　完全な男じゃなかったからか？」

ぴしっという音が空気を震わせ、ジョナスばかりか、彼の頰を打った当のサラでさえ驚いて目を丸くした。痺《しび》れるような痛みがてのひらから腕に伝わり、からだを突き抜け、サラは彼の燃える怒りに目をつぶった。

「リックの悪口は一言だって聞くつもりはないわ！」サラはきっぱりと言い切った。「リックは私を愛し、大切にしてくれた。あなたの言う意味で愛し合わなかったのは、ただそのチャンスがなかったからにすぎないわ」

サラはジョナスの言葉に傷つき、ジョナスを愛してリックとの思い出を裏切ったという事実に傷ついていた。たった今、ジョナスはサラを一人前の女として扱い、めくるめく愛の歓喜を教えてくれた。このすばらしい世界を垣間見た今、リックがひとりの女としてではなく、まだ未熟な少女を保護するような気持でサラを愛したのではないかという疑問が湧《わ》き上がってきた。このことこそ、この何週間かサムが彼女に言い続けていたことではあるまいか?

サラはうめき、ジョナスの手を振りほどいて枕《まくら》に顔を埋《うず》めようとしたが、彼はますます力をこめてその腕をつかんだ。「そうはいかない。残念ながらぼくはリックとは違う。童話に出てくる架空の王子ではなく、血と肉で出来た生身の男なんだ。そう、君はぼくをリックと思っていた」ひどく静かなその言い方はさっきの怒りより不気味だった。「だとしたら、今度こそ、君がその腕に抱くのがだれかはっきりわからせてあげよう」

今度こそ? つまり、彼はもう一度サラを抱こうとしている? 小さな不安が背すじを走り、意思とは無関係な熱いうずきが血を騒がせた。

獲物に忍び寄る美しく危険なパンサーのように、ジョナスはゆっくりと、慎重に行動を開始した。

胸がどきどき打つのは不安のせいばかりではない。サラは若くしなやかなからだに押しつぶされ、かすかにざらざらしたてのひらが腕から手首へ、脇腹《わきばら》から腰へ、ついにはひどく敏感な腹部へと滑っていくのを感じていた。

「さあ」彼は妙に優しく言った。「ぼくがだれかわかるね? 名前を呼んでごらん」

そのソフトなささやきは砂浜を愛撫《あいぶ》するさざ波のように耳をなぶるが、サラはそこに潜む危険な匂《にお》いを嗅《か》ぎ取って震えた。

喉は収縮し、こわばり、からからに渇き、何か言いたくても声にはならない。

「さあ言って、ぼくの名前は？」

ジョナスはせりふを覚える役者のように淡々と繰り返した。彼はもはやサラの目を見つめてはいない。そうする代わりに美しくしなう肉体に目をさまよわせ、微妙な愛撫の手を休めようともしない。

胸の先端が彼の手を待ち受けて張りつめる。

「君のからだはぼくを望んでいる、そうだね？　彼ではなく、このぼくを欲しがっている」

〝いいえ！〟と叫ぶつもりでいた。なにがなんでも彼と戦うつもりでいた。だとしたらこのかすれた声はだれのものだろう？

「ええ……ええ……」

ジョナスはさらに手を上に滑らせ、豊かな胸をたなごころに包み込んだ。彼の熱い唇を感じたいと、サラの胸は硬く張りつめ、ばら色に染まる。

唇を近づけはしたものの、胸に触れるか触れないかのところでジョナスは動きを止め、つぶやいた。「ぼくの名は？」

シャイロックのごとく、彼は報復のために最後の一オンスまで絞り取るつもりでいるらしい。彼をリックの身代わりにした罪で――彼がそう思い込んでいるだけではあったが――彼女に十二分な償いをさせようとしている。

抵抗すればするほど、彼はいっそう重い罰を加えてくるだろう。経過する一秒ごとに懲罰の度合いは大きくなっていく。サラは再びぶるっと震えた。でもこれは欲望の震えではなく、目の前に口を開けた底知れぬ深淵《しんえん》を感じ取ったための絶望のそれであった。サラがあれほど激しく求めたのはジョナスであると認めれば、想像を絶する苦しみを引き受けることになるだろう。しかしもし認めるのを拒めば、もし彼の愛撫に何も感じないふりをすれば、ジョナスは相手が降参するまで攻撃を続けるに違いない。

もちろん、まだいくらかの自制心が残っている今のうちに降参するのが利口だろう。もし頑固に口をつぐんでいればジョナスはあらゆる手段をつくして攻めてくるだろうし、そのうちにサラ自身、彼にどんな秘密を漏らしてしまわないとも限らない。

しかしサラの内部の不可解な部分では、その甘美な拷問を望んでいた。ふたりが互いの愛撫に屈し、燃えさかる原始の炎に焼きつくされるまで、スローな、けだるい愛の行為を続けることを。

理性のかけらが今のうちに降参しろとささやき、サラは渇いた喉をつばでうるおし、弱々しい声でつぶやいた。「あなたは……ジョナス」

ジョナスはごろっとからだを半回転させて仰向けに横たわったが、ほっとしたのもつかの間、逃げようとするサラをとらえ、一瞬のうちにそのからだを抱き上げて彼の上に重ねた。

「何をするの？　もう望みは達したでしょう？」

不安のあまりサラは甲高い声で問いかけ、胸を震わせる彼の深い笑いに当惑した。

「君の大切なリックと違って、ぼくはそう簡単に満足しないんだ」ジョナスは嘲笑《ちょうしょう》する。

「今のはほんの小手調べさ」

サラはそのとき、今まではからかわれていただけでほんとうの復讐《ふくしゅう》はこれからであることを悟り、彼のがっしりした腕から逃れようともがき始めた。ところがもがけばもがくほど、彼のたくましさをいっそう意識する結果になった。

かすかなすすり泣きを聞いて、ジョナスはようやくこう言った。「さあ始めよう。ぼくのあとから言うんだ――ジョナス、あなたが欲しい」

何よりもそれが確かな事実であるために、その言葉は喉にひっかかり、声になることを拒んだ。サラはほんとうにジョナスを求めている、とうてい口では表せないほどに。

そうすべきでないと頭ではわかっていても、サラは頑固に唇をつぐみ、顔をそむけた。

「舌がなくなったのかい？　こうすれば戻ってくるかもしれない」

ジョナスは緊張に張りつめた首すじに沿って唇を滑らせ、心臓の鼓動とともにおかしくなったように脈打つ首のつけ根を舌先でくすぐった。しかしそれでもサラは譲歩しない。

「これが気に入らないならこれはどうかな……」

気に入らないですって？　それどころか……熱い火の玉が首すじを離れるのを感じ、サラは閉じ込められた欲望に震えた。ジョナスは相手の反応を正確につかんでいる。たとえ口をつぐんでいても、からだがサラのすべてを暴露していた。

ジョナスは両手でくびれたウエストをつかみ、サラのからだをいくらか上に引き上げた。サラは不安に息を詰めて見下ろし、彼の舌が胸の先をなぶるのを見て思わず叫び出すところだった。

片方から片方へと何度も何度も軽いキスが繰り返され、サラは苦しみとも歓《よろこ》びともつかないうめき声をあげ、からだをうねらせた。なんとか彼を押しやろうと手を突っ張るが、無意識のうちに彼の肌に爪を立て、背中を弓なりにしならせてしまう。

ジョナスは愛撫を中断し、サラはどうしようもなく震えながら自分のからだを見下ろした。肌は火照り、胸の先端は深いピンク色に染まってうずき、彼のキスのせいでまだいくらか濡《ぬ》れている。

「さあ、言うんだ」

そのささやきはひどく扇情的で、その唇の動きを見つめながら、サラは夢遊病者のようにこう言っていた。「あなたが欲しい、ジョナス」

「そしてこれも、これも欲しがっている、そうだね、サラ?」

ジョナスはこんもりと盛り上がった胸に唇を当て、ぴくっとけいれんしたサラの反応を感じ取っていっそう激しい攻撃を開始した。

「ええ……そう、あなたの言うとおりよ、ジョナス……」サラはうわごとのようにつぶやき、胸を反らして彼を誘う。ジョナスは胸の谷間に唇を滑らせ、そこに光る汗の粒を吸い取った。彼の手は熱を帯び、滑らかな腰から脚へと動いていく。

「こうするのは好き?」

ジョナスの声はもはや冷静でもクールでもない。彼は愛撫の手を下ろしていってひそやかな部分を探し当て、サラは内部に湧き上がる歓喜に耐えかねてたくましい肩に唇を押しつけてうめいた。

「欲しいのはだれか、はっきり言うんだ」

言う? 言わなくてもわかっているはずではないか? 彼にはよくわかっているはず……。

「欲しいのはあなた、あなただけ、ジョナス」一度口からこぼれると、その言葉は堰《せき》を切ったようにあふれ出し、歓びの叫びの合間に彼の名が部屋にこだました。

ジョナスはサラを仰向けに横たえるが、今度はサラのほうが彼を放したがらなかった。

サラは目を閉じ、上からのぞき込む彼の顔をなぞり、その指をゆっくりと首すじに滑らせていった。彼の肌も汗でじっとりと濡れている。彼はすばらしい歓喜を与えてくれた、でもまだ……。

サラはもっと下の方に手を走らせた。

「まだだ！」

荒々しい拒絶に驚き、サラはぱっと目を開けた。彼の頬は紅潮し、グレイの瞳は燃えている。ジョナスだって激しく求めているはず、そうではないか？

「今度はなんとしてもぼく以外の男を想像できないようにするつもりだ。これからは君の大切なリックを思い浮かべてベッドを共にすることなど絶対にできなくなるだろう。リックを思い出そうとすれば生身の男が、つまりこのぼくが君の胸に浮かび上がるようになる。必ずそうなるようにしてみせる」

サラは一瞬ほんとうのことを言いたいと思ったが、現実にはそっけなくこう言っていた。

「ジョナス、もうやめて、疲れたわ」

「いや、君はまだ疲れてなんかいない。でもいまに疲れるさ、それは保証する」

ジョナスの怒りに目を閉じたサラは、彼の唇がデリケートな肌をさまよい、腹部のわずかなふくらみにとどまるのを感じた。

内部をコイル状に突き抜ける鋭い快感に恐れをなし、サラは彼から逃れようともがき、宙をける。

ジョナスは足首をさっとつかんでサラを押さえ込み、完璧《かんぺき》に振り付けされたバレエの動きのように手と口とを連動させ、反対の方向から中心に向かってゆっくりと移動させていった。頭では彼のしようとしているエロチックな愛撫を否定するが、蜜《みつ》をたたえたぬくもりはひたすら彼を待ちこがれている。

サラはどうにかして逃げ出そうと、からだの中心に集結しつつある歓喜の波を追い散らそうとした。しかしいつの間にか理性が敗退し、それに代わるおかしさが絶望的に彼の名を呼んでいた。ジョナスはそっとサラを解放し、欲望に燃え立つからだで彼女を抱いた。

「そんなにぼくが欲しい？」唇と唇を合わせて彼はきく。「さあ、ぼくを望むならからだでそう言うんだ」

あたかもこの一瞬を迎えるために今までの全人生を費やしてきたかのように、サラは彼の首すじに唇を押しつけ、両手を広い背中から腰の方へと滑らせながら、一ミリでも彼から離れまいと腰を浮かせてからだをしならせた。

ジョナスが荒々しくからだを震わせ、その敏感な反応に力づけられてサラは、原始の声にうながされるまま彼を導いた。

「ジョナス、ああ、ジョナス……」

彼の唇に口をふさがれるまで、サラは彼の名を繰り返し呼んでいることに気づいていなかった。ふたりはクライマックスに向かって昇りつめ、サラの歓喜と驚異の叫びはジョナスの解放のうめきにかき消された。内部に包み込んだ彼のぬくもりは信じられないくらい感動的で、サラは一瞬泣きたかった。

9

ここはどこかしら？　ベッドに差す光の角度も、からだを満たす不思議な倦怠《けんたい》感も見知らぬものだった。突然すべてがよみがえり、サラは小さく叫んで起き上がり、何も着ていないことに気づいて毛布を引き寄せた。でもサラは部屋にひとりきりで、からだを隠す必要はなかった。

昨夜の出来事が現実とは信じられずに、サラは隣に並んだ枕《まくら》を不安なまなざしで見つめた。確かに、だれかほかのひとの頭が載っていた形跡がある。

ジョナス。どこにいるのだろう？　バスルームからも物音ひとつ聞こえない。時計をのぞいて初めて、どんなに遅くまで眠っていたかを知ってサラは驚いた。ジョナスはとうの昔に外に出て働いているに違いない。そう思うといくらかほっとした。もしそうであれば彼と顔を合わせずにここから抜け出せるだろう。サラは衣服をかき集めてバスルームに閉じこもり、ジョナスとは二度と会うまいと心に決めた。頭はめまぐるしく回転する。住むところと仕事を探しにしばらくロンドンに行くとサムに言おう。反対されるだろうがなんとか説得できるはずだし、バネッサがカーリーの面倒をみてくれるに違いない。サムとバネッサが結婚するのもそう遠い先のことではあるまい。結婚式には当然ジョナスも出席するだろうが、さりとて兄の晴れの日にサラが欠席するわけにはいかない。うっかり捻挫《ねんざ》した足首に重心をかけ、痛みにたじろいだ。そのことはあとでまた考えよう。当面はなるべくジョナスに近づかないようにするしかなさそうだ。

ベッドルームに戻る途中でばら色に輝く頬を目にとめ、サラは慌てて顔をそむけた。どこかいつもと違っている。生き生きとして、なぜかなまめかしい。

ドアの取っ手をつかんだ瞬間、それはくるっと回転し、内側にさっと開いた。あんなにも激しく愛し合った男を間近に見て、目覚めたときから思い出すまいとしてきた昨夜のイメージが頭の中に浮かび上がった。燃え上がり、ジョナスの意のままに彼の名を呼び、彼が欲しいと懇願した。サラは顔を赤くして縮み上がる。なぜあんなことが起こったのか、昼間の冷厳な光の中でじっくり考えるチャンスすら奪われてしまった。

ジョナスは腕組みをし、温かみのない表情で相手を見下ろした。「いったいどこへ行こうというんだ？」

「家に帰るわ」サラも負けじと冷ややかに言う。「サムが待っているでしょうから」

「昼食後に送っていくとサムには言ってある」彼は腕時計を見た。「まだ十一時だ。帰る前に話し合おう」

サラの胸に不安が忍び込んできた。ほんとうのことを知られてしまった？　すでにサラの本心を見抜き、本人の口から愛を告白させようとしているのだろうか？　昨夜のように強引に？

「サラ、頼むからそんな目つきで見ないでくれ！　君を取って食おうとは思っちゃいない」

彼の顔に浮かぶ激しさはなんだろう？

「今まで、女性に対してなんであれ力を使ったことはないんだ」

「そう？」サラはなんとか軽い調子で言おうとした。「じゃ、昨日の晩のことはどうなの？　私に無理やり認めさせようとしたわ……」

「君がベッドを共にするのを望んでいることを？　いや、ぼくはそういう意味で言ったんじゃないし、君だってそれくらいわかっているはずだ。サラ、どうしてぼくと戦おうとする？　君はぼくを求め、そしてぼくも君を求めた、そうじゃないか？」

「いいえ、あなたなんか欲しくなかった。ほんとうに欲しいのはリックよ」サラはかすれた声でうそをついた。「昨日そう言ったでしょう？　でもあなたは信じなかった。だから仕方なくあんなことを言ったのよ。でも私を抱いているのはリックだとずっと思い込んでいたわ。彼とベッドを共にしたことはないから何を想像しようと自由……比較する何ものもないんですもの。ジョナス、あなたは私のからだを抱いたかもしれない、でもそれだけ。

それ以外のあらゆる意味で私の恋人はリックだったわ」

相手を説得するというより自分自身を納得させようと必死だった。でもサラにはそれが途方もないうそであることがわかっている。ジョナスは……わかっていなかった。彼の顔からすっと血の気が引いた。うつろなグレイの瞳がぼんやりとくすみ、からだがこわばるのを見て、サラは残酷な言葉を取り消したいと願った。でも取り消したところでなんになるだろう?

「君が言ったように」ジョナスは低い声で言った。「結局、ぼくたちのあいだにあったのは単なる肉欲でしかなかった。そのことを言いに戻ってきたところだ。昨日の夜、ぼくが考えていたような君という女性は存在しなかったことに気がついたんだ。たとえそうであってもね」彼は少々唇をゆがめた。「なかなかすてきな経験だったことは認めるべきだろうね。バージンを抱いたのは初めてだった」彼はちかっと目を光らした。「うっ積した欲求不満の爆発――一度で終わらせるのはもったいない。またいつかお手合わせ願いたいものだ」

思わぬ露骨さ、無作法な態度に、サラは肝をつぶす。しかし彼の前を通って部屋から出ていくとき、そのクールな声と硬い姿勢にもかかわらず、彼が怒りでおかしくなっていることをサラは知った。

真実を告げなくてよかった。廊下を足を引きずるようにして歩きながらサラは考えた。

真実を知ったら、彼はそれを利用して復讐《ふくしゅう》を企てたに決まっている。

結局、二度とジョナスに会わないためのプランは何ひとつ実行されなかった。コテージに帰った翌日バネッサがインフルエンザにかかって寝込んでしまい、事実上彼女にカーリーの世話を頼むのは不可能になった。それればかりか、未来の兄嫁を看病するために、一日の大半はジョナスの家で過ごす羽目に陥ってしまった。

しかしサラがいるあいだ、ジョナスはほとんど姿を見せなかった。回復期に入った三週目、バネッサは兄の働きすぎを心配しているとサラに打ち明けた。

「このところ兄は明け方から夕暮れまで働きづめなの」バネッサはまゆをひそめた。「それが兄を消耗させているのがよくわかるわ。いつもはユーモアたっぷりで優しい兄がひどく不機嫌でむっつりしているんですもの」

「今はジョナスのことよりサムのことを考えていればいいのよ、バネッサ」

「ええ。でも兄が結婚して落ち着いてくれたらどんなにいいだろうとよく考えるのよ。兄には奥さんが必要だと思うの。それに、きっとすばらしいパパになるわ。ジョナスが大の子ども好きだってこと、ご存じ？　サムがここにカーリーを連れてきた日、兄がどんな様子だったか、あなたにも見せたかったわ。覚えている限り、兄が仕事を休んだのはあなたが来なかったその一日だけ。最初、あなたこそ兄にふさわしい女性だと……」サラが不意に青ざめ、椅子の背をつかむのを見て、バネッサは心配そうに口をつぐんだ。「サラ、どうかなさって？　大丈夫？」

ジョナスの話をそれ以上聞いていられなくなって、サラは落ち着きを失い、少し前に椅子を立っていた。

「なんでもないの、もう大丈夫」突然のめまいから立ち直り、サラは再び椅子に座った。「私のインフルエンザがうつってあなたまで寝込むことになったらどうしましょう。式まであと一カ月しかないんですもの」

サラはバネッサを安心させようとしてほほ笑んだ。インフルエンザにかかったわけではない。この四日ほど起きぬけに胃がむかむかし、からだのメカニズムに精通しているサラは自分の身に何が起こっているか察しをつけていた。もし妊娠していたらその子を産むことはできない。家もなければ仕事もなく、子どもを産んだ場合に持ち上がる複雑さを考えると道はひとつしかなかった。

翌日ドーチェスターに向かって車を走らせながら、サラはなるべく余計なことは考えまいとしていた。ハンドバッグの中には、彼女のような立場にいる女の子に助言を与え、必要とあらば中絶のための手配をしてくれる慈善団体の住所が入っている。中絶？　自分がしようとしていることの罪深さに、サラは震えた。小さな命が始まりもしないうちに終わろうとしている。

吐き気がみぞおちをつかむ。心は身勝手な決定に異論を唱えるが、サラはその声に耳を傾けようとはしなかった。昨日一晩じゅう、いや、ここ何日かずっと、感情的になってはいけないと、どうするのが一番いいか理性的に考えるのだと自分に言いきかせてきた。サラの決定は彼女ひとりに影響を及ぼすものではないのだし、小説のヒロインのように、まったくだれにも知られずに、どこかほかの国に行って赤ちゃんを産むことなどできはしないのだから。このままでいたらいずれサムにはわかってしまうだろう。そして父親はだれかときくに違いない。妹を熟知している兄であれば、サラが軽はずみに男性に身を任せたりしないことを知り……そして……そう、やはり中絶が唯一の道なのだ。

しかし車を止め、慈善団体の小さなオフィスに向かう足取りは重かった。ほんとうに、私にそんなことができるのだろうか？

カウンセラーはてきぱきしているが思いやりがあり、強制的なことはいっさい口にせず、選択できるいくつかの方法をおおまかに説明した。質問に答え、必要な書類に記入し、サラが思いきって決意を告げたとき、カウンセラーは相手を落ち着かせる静かな物言いでこう提案した。「最終的な決定は二、三日考えてからでも遅くはないでしょう？　妊娠を知って、なんとかしなければという差し迫った危機感に襲われる時期を過ぎると、かなりの女の子たちが子どもを産むことを考えるようになるんです。私たちのところにかわいい赤ちゃんを見せびらかしに来る女の子がどれほどいるか、あなたにはとても想像がつかないでしょう。みんな、あなたのように、最初はなんとしても子どもをおろしたいと言ってきたひとたちなんですよ」

サラはかろうじてほほ笑み、お礼を言ってオフィスをあとにした。

幸い、コテージにはだれもいなかった。あとで聞いたことだが、未来の夫と娘を両親に紹介するために、バネッサが彼らをエセックスまで連れていったということだった。

遅くなって帰ってきた三人はおしゃべりに夢中で、だれひとりサラのゆううつに気づきはしなかった。

妊娠という突発事故のせいで、一日でも早くロンドンに戻り、住まいと仕事を探すという計画は延期せざるを得なくなった。カウンセラーに会いに行ってから一週間と少しあと、相変わらず続くつわりに苦しんでバスルームに立ったサラは、兄の部屋が階下でよかったとつくづく考えていた。さもなければ体調の変化を兄に秘密にしておくことはできなかっただろう。現に、サムは妹の顔色の悪さ、食欲のなさを心配し始めており、ときおりまゆをひそめてサラを見守っていた。サラはすでに心を決めていた。二日前に再びカウンセラーに会いに行き、決意の変わらぬことを告げ、ある小さなクリニックを紹介してもらっている。そして約束の日は今日。今の段階で処置すれば入院の必要はないと言われている。何が起ころうとしているか、サラは努めて考えないようにしていた。すべてを怖い夢の一部だと考えること、それこそ過酷な現実を耐えるための唯一の方法なのだ。決意したはずの今でさえ、サラの手は小さな命を守るかのように腹部をさまよい、心は決意を覆そうと戦っていた。

サムにはドーチェスターまで買い物に行くと言ってある。出かける支度をして階下におりると、サムが顔を曇らし、兄に背を向けようとしたサラの手をつかんで引き戻した。

「顔色がさえないね」サムは穏やかにきいた。「いったいどうしたんだ？　もちろんぼくには話してくれるね？　ぼくたちの結婚が気に入らないのかい？　ぼくがホリーを忘れてしまうと思っているのかい？」

「いいえ、そんなこと考えていないわ」口に出して答えなくても、サラの本心はブルーのまなざしに表れていた。兄が言ったように、サムとカーリーが一生亡き妻、亡き母を慕って生きることをホリーが望むはずはない。

「ジョナスだね？」サムは静かにつぶやいた。「いや、否定してもぼくにはわかる」

「兄さん、まさか……」

「だれにも何も言っていないさ。ここを出てロンドンで暮らしたいと言ったのはジョナスのためなんだね？　でもなぜ……？　彼だっておまえに惹《ひ》かれているように思えるが」

「惹かれている、即ち愛しているって意味にはならないわ」サラは急いで口をはさんだ。こんなふうに兄と話すのは耐えられない。サラはますます、この妊娠を終わらせるしかないと感じた。妊娠に気づいたら、兄は父親がだれかすぐに察するだろう。

「わからないものだ」サムが考え込んだようにつぶやいた。「おまえがここに来たとき、ジョナスを根っからの悪者と思い込んでいたね？　ミス・ベッツの土地をねらった強欲な地主だと？　そしてリック以外の男性を愛せるはずがないとも言っていた。それなのに……」

「私、考え違いをしていたわ。ジョナスはミス・ベッツにとても親切だったの。それに私、リックのことでも間違っていた……彼に対する私の愛は、少女が大人に対して抱くような、一種のあこがれに似た愛だったと思うの。でもジョナスに対してはそうじゃない……ごめんなさい、そのことについて話すつもりはないわ」サラは苦しげに言った。「もう出かけなければ」

「自分の感情から逃げてはいけない、サラ。ジョナスの気持だってまだわからないじゃないか？」

「ジョナスは私を愛していないの」サラは唇を震わせた。「遊びの対象として私に関心を持っているかもしれない、でもそれだけ。それは本人の口から聞いたことだから確かよ」

兄の目に浮かぶ哀れみを見まいと、サラはドアに急いだ。

ドーチェスターにあるクリニックは最近建てられたビルの中にあった。そこまで歩いて五分ほどのところに車を止めるしかなく、サラは鉛でもひきずっているような足取りでそのビルに向かった。建物の前で立ち止まり、ハンドバッグをかきまわして予約カードを探し出すと、それをしっかりと握り締めて深呼吸をした。なぜこんなにのろのろ時間をかけるの？　心はすでに決まっている。ほかに選ぶべき道はないのだ。今朝サムと話したときも決意を新たにしたはずではなかったか？　それでもまだ足踏みをし、ビルから出てきたふたり連れの看護師のいぶかしげな視線にさらされた。悪寒がし、額に汗が噴き出し、てのひらは冷たくじっとりとしている。ビルの入口へのステップを上がろうとしても、なぜか足が言うことをきかない。そして突然、天啓でも受けたかのように、そのビルの中には絶対に入っていけないことをサラは知った。

それに続く安堵《あんど》は、たっぷりつがれたワインを飲み干したときのようなめまいを引き起こした。笑いたかった。泣きたかった。足が震え、クリニックに背を向けて歩き出す体勢を整えるのに何秒かかかった。

予約カードを握り締めたままサラは歩き、周囲がぼうっとかすんで見えなくなるまで、自分が泣いていることにも気づいていなかった。

震える手で頬をぬぐい、通行人の不思議そうなまなざしも意識せずにぼんやりと濡《ぬ》れた指を見つめた。そのとき急いで通り過ぎようとしただれかに突き飛ばされ、サラは電柱にぶつかった。

「サラ！」

今一番会いたくない男性に呼ばれたショック、その男のしっかりとした腕に支えられた安心感は、サラをいっそうもろく、無力にした。

通行人たちの好奇のまなざしを背中でさえぎり、ジョナスがもう一度サラの名を呼んだとき、周囲は大きく揺れ、妙な感じに遠のいていった。

しかしサラの耳にはもはや何も聞こえない。からだから力が抜け、手を広げて待ち受ける暗闇《くらやみ》の中へ、忘却の中へ、サラはのみ込まれていった。

ふと気づくと、サラはジョナスの車の後部座席に横たわっていた。ジョナスは開いたドアに寄りかかり、むっつりした表情で見下ろしている。その手には例の予約カードが握られている。サラはさっと彼の顔に視線を戻した。

「ぼくの子だね？」ジョナスは厳しい声音できいた。「ぼくの子どもを君は……」

サラの表情から答えを読み取ってジョナスは突然からだをこわばらせ、ふうっと大きく息を吸い込んだ。それから車の中にからだをかがめ、サラのおなかに手を当てた。「まだおろしていないね？　そうだね？」

サラは首を横に振り、涙に震える喉の奥からかろうじて声を出した。「できなかった……そうするつもりだったけど、どうしてもできなかった」サラは泣いていた。からだを震わせてむせび泣いた。

ジョナスの表情のどこかがかすかに和らいだが、その声は相変わらず厳格だった。「わかった。これからも絶対にそんなことはさせない」

「でも、産めないわ」たび重なるショックに混乱して、サラはその言葉の矛盾に気づいていなかった。「どこかに行って出産するにしても永久に秘密にしてはおけないし、いずれにしてもサムは察するでしょう。兄はあなたの妹と結婚するのよ、それなのに私があなたの子を産む……どうしてそんなことができて？」

「きわめて簡単なことだ。ぼくたちも結婚すればいい」

涙を忘れ、サラはびっくりしてからだを起こした。「そんなの、無理よ！」

「なぜ？　神聖なるリックに恋しているから？」ジョナスは皮肉っぽく唇をゆがめた。「たとえそうであっても君はぼくの子どもをみごもっている。君にその子をおろさせるつもりはないし、君だってそうしたくないはずだ。もし本気で子どもを葬り去るつもりだったら、今、君はここにはいないだろう」

サラはそれ以上抗弁できず、唇をかんだ。

「でも、あなたは私との結婚を望んでいない、そうでしょう？」しばらくの沈黙のあと、サラはつぶやくように言った。

「たぶん」ジョナスは肩をすくめた。「でも君が我々の子を葬り去るのを傍観するよりは結婚するほうがましだろうね。この状況では君ひとりで子どもを育てるのはとても無理だ。妊娠、出産、子どもの養育――その責任は男女で平等に負担すべきだとぼくは思う。パートタイム・パパという身分に甘んじるつもりはないし、そうしたいとも思わない」

「でも、それだからといって結婚するわけにはいかないわ」言った本人の耳にさえ、その言葉は弱々しく、はかなく響いた。思わぬところでジョナスに会った驚き、予期せぬプロポーズ——これがプロポーズといえるかどうかは別として——は、すっかりサラを動揺させ、混乱させていた。皮肉にも、常に自主性を誇りにしてきたはずなのに、サラは今、重荷を彼に預け、支配権を彼にゆだねることに一種の安堵すら覚えていた。しかめ面で見下ろす彼の前で小さくなって座っているサラ。どう見ても恋人同士という感じではないが、ある意味で、サラは今までになく幸せであった。彼と結婚したい——それは揺るがしようのない事実だった。いつか、もっと冷静になったとき、彼の言いなりになったことを後悔するかもしれない。今このときでさえ、わずかに残った理性の片鱗《へんりん》が、ジョナスが言うような結婚をしたら胸が引き裂かれるような苦しみを味わうだけだと警告している。愛する男と愛されぬまま結婚する。女性にとってこれほどの愚行はないだろう。とはいえ、今まで何人もの女性が同じ過ちを経験してきているのだ。それに、報われぬ愛を彼の子どもに向けることもできる。彼を愛していないとしよう。それでもサラは子どもを産むチャンスを与えてくれる彼に感謝していたに違いない。サラは心の中で苦笑する——でももし彼を愛していなかったら、すべてがこれほど錯綜《さくそう》することはなかったはず。もし彼を愛していなかったら、心を見透かされるのを恐れてびくびくする必要もない……。

「頭を悩ます必要はない」冷ややかな声がサラの思いに割り込んだ。「道はひとつ。この際はっきり言っておくが、結婚するまで君から目を離すつもりはない。君が勝手に……」

「そんなふうに結婚するなんて不可能よ」彼の最後の言葉を無視してサラは言い張った。

「サムとバネッサがなんと言うかしら？」

「彼らに何が言える？」ジョナスは横柄に言う。「特に、君の妊娠を知ったら？　確かに彼らは驚くだろうが、それほど悲劇的な出来事とは思わないはずだ」

「そういう意味で言ったんじゃないわ。赤ちゃんができたことを知られたくないわけじゃなく……」唇をかみ、彼から目をそらした。「妊娠したから仕方なく結婚すると思われたら……」

そのときジョナスの顔をよぎった怒りは予期せぬものだった。

「そんな疑いを持たせないことだ」彼はかみつくように言った。「ぼくたちは熱い恋をし、一刻でも離れているのがつらいから式を急ぐ、そういうことだ。既成事実を告げればわざわざ説明する必要もないと思うが」

頭の中では無数の反論がひしめきあっているが、なぜか一言たりとも口には出されなかった。サラは内部に起こりつつある変化に驚いている。ひとりで重荷を背負うより、ジョナスの差し出す安定と保護とをつかみ取る気になっていた。抵抗するより屈伏し、相手に支配権を握らせるほうがはるかにたやすい。

「結婚するまで君を縛りつけておきたいが」役所をまわって結婚に必要な書類を受け取る

とジョナスは言った。「そうもいかないだろうから、これだけははっきり約束してほしい……」

「子どもをおろさないと？」サラは彼の言葉を引き取った。まだ生まれていない子どもに嫉妬《しっと》している自分に気づき、サラはうろたえた。この子どもはすでに、サラには決して与えられない愛に守られている。「子どもは産みたいわ、ジョナス。だからこそ……」

「ぼくと結婚する？　わかっているさ。君がそれ以外の理由でぼくと結婚するとは思っちゃいない」ジョナスは楽しくもなさそうに笑った。「もし男の子が生まれたら間違ってもリックという名前はつけない。絶対だ、いいね？」

グレイの瞳にある痛みを見ていられず、サラは黙って目を落とした。

ミニクーパーはあとで修理工場のだれかに届けさせると言って、ジョナスはサラを彼の車に押し込んだ。

コテージの前で車が止まるや否やドアを開けようとしたサラに、ジョナスは有無を言わさぬ口調で念を押した。

「ぼくたちは今週末に結婚する。サムとバネッサにぼくたちが愛し合っていると思い込ませたかったら、君もそれなりに努力することだ。いっしょに中に入ろう……仲むつまじく」

「でも私の車……サムはなんと思うか……」

「君のミニが故障して、たまたま通りがかったぼくが君を家まで送ってきたと言えばいい。それから、今夜はふたりで食事をする」サラの不服そうな顔を見てジョナスはあざけりを含んだ声で続けた。「心配しなくても、いつまでも君にまとわりつこうとは思っていない。家で食事をして、その後は仕事があるからぼくは書斎にこもるし、君は君で好きな本でも持ってきて読めばいい。ぼくたちの結婚をそれらしく見せたいなら、少なくとも親密なムードを演出すべきだと思うね」

そのとおりだということはわかっている。しかしだからといって、肩を抱かれてコテージに向かうのが苦痛でないということにはならなかった。

今朝の会話を思い出せば当然のことではあったが、ふたりの姿を見てサムは目を丸くした。でもなんとか驚きを隠してジョナスと世間話をし、ときおり妹のほうに物問いたげな視線を投げかけた。

結局、サムが妹に質問を向けるチャンスはなかった。ジョナスは四六時中サラから目を離そうとはせず、バネッサがすっかりサムのところに入りびたっているので、彼女の代わりに温室の水やりを手伝ってほしいと冗談を言い、サラを連れ出した。

彼らは一週間もたたないうちに結婚した。

その日、ふたりで届け出を済ませるとまっすぐコテージに戻り、仕事が忙しくてハネムーンに行けないというジョナスの説明を、サラは黙って聞いていた。

「それならどうしてそんなに結婚を急いだの?」バネッサはまゆをひそめて兄にきいた。「かわいそうに、サラにはウエディングドレスを探す暇もなかったのよ。パパやママにも知らせないで」

「心配しなくてもサラにプロポーズした翌日電話で知らせておいた。急いだのは、もちろんわかりきった理由は別として……」ジョナスは意味ありげに花嫁を見つめ、サラは困惑のあまり真っ赤になった。

「兄さんたら!」バネッサが慌てて口をはさんだ。「サラが困っているじゃないの。私だってどぎまぎしてしまうわ」

「ぼくにしても平静ではいられなくなるね」サムがにやりと笑った。「バネッサをひとりじめするまでの二週間が待ちきれなくなってきた」

「もうひとつ別の理由があるんだ」

その口調は彼らの軽口とはそぐわず、彼が何を言おうとしているか、サラは直観的に感じ取った。恐怖に駆られて手を差し伸べるが、ジョナスはただその手をとらえ、うわの空でさすっただけだった。

「赤ちゃんができたんだ」三者三様の沈黙の中でジョナスは続ける。「君たちの結婚式が済むまで黙っていようとも思ったが……」徐々に声を落とし、サラの手を唇にもっていって軽くキスをした。そのなにげないしぐさに対するサラの反応はまったく恋人らしからぬものだったが。「ぼくたちは何もかもオープンにしたほうがいいと話し合ったんだ。いずれにしてもわかることだし、ぼくも父親になる喜びをうまく隠しおおせそうにない」

彼らはサムの音頭で乾杯をし、しばらく歓談したあと、ジョナスはそろそろ帰ろうとサラをうながした。荷物はすでにまとめてあり、それを持って階下に下りると、階段のすぐ下でサムが待っていた。

「ジョナスとバネッサは託児所にカーリーを迎えに行った。すぐ帰るだろう」サムは静かに切り出した。「おまえはいつから妊娠に気づいていた?」

何も答えなくても、サラの表情がすべてを明白に物語っている。

「そのことでジョナスと結婚する必要はなかったんだ、サラ。なぜぼくに相談しなかった?」

「彼を愛しているわ」サラは真実を言った。「それに、子どもを産むにはこうするしかなかったのよ」兄をじっと見つめ、サラは弱々しく続けた。「兄さんが何を考えているかよくわかるわ。でもどうしても話せなかった。もし話したら、兄さんはきっと、まず最初に父親がだれかきいたでしょう。そんな質問に答えられると思う? 兄さんの義理の弟になるひとの子をみごもったのよ。私、子どもをおろすことを考えていたの」ここまで話したのであればすべてを打ち明けるべきだろう。「でも結局は実行できなくて、そのことをジョナスに知られてしまったとき、彼の言うとおりにするのが一番いいと考えたの。おかしなことに、彼を愛しているからなおさらそうするのがつらかったわ」

「ジョナスはおまえの気持を知っているのか？」

「いいえ、知らないわ。これから先もずっと知ることはないでしょうね。前にも言ったけれどジョナスは私を愛していないんですもの。彼はただ……」車の音がし、サラは口をつぐんだ。「兄さん、このことはバネッサに言わないで。ほんとうは兄さんにも知られたくなかったの」

「わかっているさ。ジョナスがぼくたちの前で妊娠について話すとは思っていなかったようだね？」

サラはうなずいた。

「そうか。しかしジョナスの言うように、遅かれ早かれわかることだ。それにしても、もしおまえに話を聞かなかったら、ジョナスのあの名演技にだまされるところだった。サラ、ほんとうにこれで……」

サラは首を振って兄を押しとどめた。ジョナスとバネッサがカーリーの手を引いて近づいてきており、妹の合図を理解してサムは巧みに話題を変えた。

スーツケースをジョナスの部屋に運ぶと聞いて、ハネムーンに行かずに済むという安堵感は一瞬のうちに消え去った。「失礼、ぼくの部屋じゃなくぼくたちの部屋と言うべきだったね」ジョナスは皮肉った。

　サラは痺《しび》れたように階段の下に立ちつくし、最初に頭に浮かんだ言葉を口にした。「私たち、同じ部屋で寝るの？」

　彼は黒いまゆを上げた。「たいていの新郎新婦はそうすることになっている。ぼくたちは熱烈に愛し合って結婚したんだ、少なくとも表向きはね。それなのに寝室を別々にしたらバネッサはどう思うかな？　ま、言い訳はいくらでもあるが――例えば、真夜中に花嫁のベッドに忍んでゆくロマンチックな気分がなんともいえないとか」

「あなたの言うことにも一理あるけれど、部屋を共有するのはごめんだわ」

「わざわざ指摘されなくてもそれくらいのことはわかっているさ」ジョナスは少しも動じない。「でもぼくの記憶が正しければ、たしか君はこう言ったはずだ――〝ジョナス、あなたが欲しい〟」

「そのわけは知っているでしょう？」動揺し、不自然なほど甲高い声でサラは言った。「前にも言ったように、あなたをリックと思い込んだからよ」

「おやおや、もう夫婦げんか？」

　ふたりともバネッサが帰ってきた音に気づいていなかった。当惑げな彼らの表情を笑い、バネッサは片目をつぶってみせた。「ご心配なく、私はすぐに退散するわ。サムが今夜はあなたの部屋に泊まったらどうかと言っているの、サラ。ハネムーンが無理としても、少なくとも一晩くらいは新婚気分を味わってもらわなくちゃ。私は荷物を取りに来ただけ。兄さん、今夜はどこか特別なところにサラを連れていくんでしょう？」

素早く体勢を立て直したジョナスはぞくぞくするほどチャーミングな笑みを妹に向けた。「そのとおり」ジョナスは認める。「実はたった今、その〝特別なところ〟に彼女を連れていくところだったんだ」

バネッサはあきれたように兄を見つめ、それから笑い出した。「兄さんたら、いったいだれをからかっているの？　サラ？　それともこの私を？」兄を優しくにらみ、彼女は赤くなったサラの顔から二階に続く階段に目を移した。「その前に客間でシャンパンを飲んだら？」バネッサはにっこり笑って言い添えた。「私だったら間違いなく十分以内に出ていくわ、約束よ」

実際、バネッサの車が遠ざかる音を聞いたのはそれから十五分ほどあとのことだった。それまでの一刻一刻を、サラはシャンパンに口もつけず、張りつめた面持ちで客間の椅子に座っていた。愛する男をこれほどまでに憎めるとは、思いもよらないことだった。

車が見えなくなるまで待って、サラは怒りに震える声で言った。「よくもあんなことが言えるわね？　私がどんなに恥ずかしい思いをしたかわからない？　バネッサの前であんなふうにほのめかす必要はないでしょう？」

「君をベッドに連れていくのが待ちきれないってことを？」

ジョナスは追いつめたねずみを見るような目つきでサラを見つめている。怒りと怒りがぶつかり合い、室内は不穏な空気に満たされた。

「いつからそれが恥ずかしいことになったのか教えてもらいたいね。それどころか、たいていの花嫁は新郎の熱意を喜ぶものなんだ。ついでに言っておくが、君のおなかの中にいるのはぼくの子で幽霊の子どもではない。ことあるごとにリックの亡霊をちらつかせられてはぼくだっていい気はしない。君はぼくと寝るのを断った、サラ。いいだろう。しかしいつかの晩、君をベッドに誘うのにたいした努力はいらなかった、そうだね?」

ジョナスの言うことはみなもっともで、彼の中に形作られた彼女自身のイメージを想像してサラはたじろいだ。ほかの男性を愛しながら彼の抱擁を受け入れる安っぽい女――彼の目にはそんなふうに映っているのだろう。

「私、疲れたわ、ジョナス」それは単なる逃げ口上ではなかった。サラは自分自身の考えを追究するのに疲れ、絶えず緊張を強いられる彼らのあいだの敵意に消耗していた。

「そう、確かに疲れているようだね。二階のぼくたちの部屋に案内しよう。そのあとは残念ながら君をひとりにしなくちゃならない」ジョナスは嘲笑《ちょうしょう》を隠そうともせずに言った。「温室に行って水をやる必要があるのでね」彼はドアを開けてサラを通しながらちらっと腕時計に目を落とした。その単純でむだのないしぐさひとつが、たくましく日焼けした腕の輝きひとつが、サラの血をざわめかせるに十分だった。

その部屋は以前泊まったゲストルームより広く、家具はアンティーク、色彩はすべて床に敷きつめられたオービュッソン・カーペットにマッチしている。堅牢《けんろう》で巨大なマホガニーのベッドはこの部屋にはぴったりだが、小ぢんまりした部屋に置いたら間違いなくこっけいに見えたことだろう。

麻のシーツにはイニシャルを組み合わせた優美な家紋が縫い込まれている。

「それはひいおばあさんの嫁入り道具のひとつだったらしい」ジョナスが説明した。「バネッサが好むような手入れのしやすい普段使いのものと違って、花嫁が特別のときに使うものだと聞いている。今朝、それを使ってベッドの支度をするようにミセス・ライアンスに頼んでおいたんだ」

彼の言葉はなぜか小さなとげのように胸を刺した。おそらくそれは、サラが永久に失った何かを改めて彷彿《ほうふつ》させたからだろう。そのちょっとした行為の中に、サラは恋する男性の苦悩を垣間見た気がした。でもそんなはずはない。ジョナスはサラを愛してはいないのだから。ジョナスが初めて愛を告白したあの日、同じような苦悩をサラは見ていた。それなのに、せがんで手に入れたおもちゃを腹立ちまぎれに壊してしまう少女のように、サラは彼の感情を容赦なく破壊してしまった。もう取り返しはつかない。サラはぶるっと震え、ジョナスは心配そうにまゆをひそめた。

「寒い？　階下《した》の居間に火を入れよう。キッチンにミセス・ライアンスが用意してくれた食事があるはずだ」

意志のない人形のように、サラは彼に従って階段を下りた。無理強いされた結婚ではないのだから、夫に愛されていないからといって今さら文句を言えるはずもなかった。

10

結婚してから一週間、サラは最悪な日々を耐え、これ以上不幸になることはないと自分を慰めるしかなかった。サラを望まないばかりか完全に黙殺し続ける男、しかもサラが愛してやまない男とひとつのベッドに眠るのがどんなにつらいことか、彼女は身にしみて理解していた。最初の二晩は、だれかとベッドを共有するのに慣れていないから不安なのだと自分に言いきかせてみたが、その週も終わるころ、それが間違いであると認めざるを得なくなった。一晩じゅう悶々《もんもん》として眠れないほんとうの理由は、サラの中のある部分が、今でも懲りずにジョナスの抱擁を切望しているからであった。

たとえ彼女の一部分であっても、なぜそんな幻想を抱くのかサラにはわからない。結婚以来、ジョナスは妻への無関心をことさらに強調してきた。

彼らの結婚から二週間がたち、今日はサムとバネッサが式を挙げる日だった。

ジョナスの父とバネッサの母親が式に出席することになっていて、式のあと全員ここに戻り、お祝いの食事をするという段取りだった。ここ数日、式当日のすべてがうまくいくように、サラはミセス・ライアンスと相談して入念な下準備を続けてきた。ジョナスはめったに姿を見せなかった。彼は朝早く起き、夜遅くなるまで戻ってこなかった。たいていの場合、彼が帰るころにはサラはすでにベッドに入っている。まだ今のところ目立ちはしないが、妊娠のためか、サラはひどく疲れやすかった。

兄とバネッサの結婚式に着るドレスを、サラは何日か前に買っておいた。それはピーチカラーのスーツで、タイトスカートとジャケット、その中に着るそでなしのブラウスが美しく調和していた。ウエストにタックが入ったスカートはいつもよりワンサイズ大きく、わずかなおなかのふくらみをうまくカバーしている。ブラウスもすてきだったが、何よりも気に入ったのはエレガントなジャケットだった。

それはゆったりしたデザインで、手首でぴちっと留める大きなパフスリーブ、肩には流行のパッドがつき、胸もとまで縫い止めてあるプリーツが、男物のシャツテイルのようにいくらかカーブしたすそに向かって流れるように広がっている。帽子はスーツの色より少し濃いめで白い縁取りがあり、たまたま手持ちの白いバッグと靴とぴったりだった。

式は地元の小さな教会で挙げることになっている。ジョナスがサムの付き添いになり、花嫁の付き添いはカーリーと決まっていた。

身支度が済んだちょうどそのとき、外に車が近づく音がした。ジョナスはすでにコテージに行っている。彼がサムとカーリーを教会に連れていき、サラが花嫁を連れていくことになっていた。

サラは窓に近づき、見たことのない車が止まるのを見守った。

「パパとママだわ」バネッサが背後から声をかけた。「時間どおり。ママらしいわ。ピーターは時間を守れたためしがないんだから」バネッサは楽しそうにくつくつと笑った。「さあ、階下《した》に行ってあいさつしましょう」

式当日の花嫁にしては、バネッサは感心するほど冷静だった。二週間前のサラよりずっと落ち着いて見える。それはたぶん、愛されている女性の持つ自信からくるものだろう。でもサラは愛されぬまま結婚してしまった。

突然の結婚、早すぎる妊娠をどう思われているか不安で、サラは彼らの両親に会うのが怖かった。

でも、彼らがどう考えていたにせよ、家の中に入ってきたふたりはそうした感情を面には表さなかった。

ピーター・チェスニーはびっくりするほど息子とよく似ていた。もちろん、髪は黒というより銀色に近かったが。瞳もジョナスのとは違って淡いブルーでいくらかぼんやりしており、優しかった。ピーターはバネッサにほほ笑みかけ、サラと握手を交わすと、すぐさま今しがた村の池で見かけたかもについて話し始めた。

「どうしたことだろうね。こんな時季にかもが泳いでいるのは珍しいことだ。今の季節はもうアイスランド辺りにいるべきところなのに。ひどい春の嵐《あらし》があったから、ひょっとしたらそれで飛び立てなかったのかもしれない」

「ピーター、私たちは娘の結婚式に出席するために来たんですよ。バードウォッチングは後回し」ミセス・チェスニーはきっぱりと言った。

「そう、そうだったね」ピーターはブルーの瞳をしばたたき、サラに優しい笑みを向けた。

「失礼、サラ。わたしにはつい趣味に夢中になってしまう悪い癖があってね」

「ほんとうにそうなのよ」バネッサが横から口をはさんだ。「クラスメイトがみんなスペインとかギリシアで休暇を楽しんでいるのに、私たちはいつも鳥とか植物を追いまわしていたわ。それも決まって寒くてじめじめしたところなの」

「それは少し大げさじゃないかしら、バネッサ？」ミセス・チェスニーが言った。「私たちみんな、スイスですばらしい休暇を過ごしたじゃない？」

「パパが珍しい花の写真を撮ろうとして山腹にへばりついてたときのこと？」

ミセス・チェスニーはころころと笑い、サラの方に振り向いた。「ごめんなさい、つい家族の思い出話なんかしてしまって。ジョナスとあなたの結婚式に出られなくて残念だったわ。急なことだったし、ピーターが新しい本の仕上げにかかっていて、出版社からやいのやいののさいそくでね」

引退を機にピーターは好きなテーマについて執筆を始め、すでに本を二冊刊行しているとバネッサから聞いていた。

「教会には何時に行けばいいのかしら?」ジェニファー・チェスニーはごく当たり前のようにその場の主導権を握った。

バネッサが答えるとジェニファー・チェスニーは落ち着き払って言った。「そう、だったらコーヒーをいただく時間はあるわね。だめよ、ピーター、庭に出たら最後、いつ戻ってくるかわからないんですから」庭に面したガラス扉の方に足を向けた夫に彼女は声をかけた。「バネッサ、コーヒーをいれてきてちょうだい。私はそのあいだサラとお近づきになっているわ」

ジェニファーは椅子に落ち着き、サラを見つめた。「私たち、ジョナスが結婚するというニュースにそれほど驚いたわけじゃありませんのよ。バネッサからすでにあなたのことは聞いていましたし、ジョナスがあなたに少なからぬ関心を寄せていることも、それとなく聞いていましたから。私たちふたりとも、ジョナスが恋愛し、結婚したことをとても喜んでいますの。彼のことは今までずいぶん心配してきましたもの」ジェニファーは庭を見つめている夫をいとおしげに見やった。「だれよりも本人が認めていることですけれど、ピーターは社交的なタイプじゃないわ。彼は独身の伯父に育てられて、伝統的な寄宿制の学校を出たので、前の奥さま、つまりジョナスの母親が亡くなったとき、息子をどうやって慰めたらいいか、どう育てたらいいか、皆目見当もつかなかったのです」

ジェニファーは悲しげにほほ笑んだ。

「母親を亡くしたときジョナスはとりわけ感じやすい年ごろでしたから、すんなりと新しい母親になじめるはずはありません。当然ですわね、私は彼の母親の地位を奪った侵入者ですもの。それ以来私たちはことあるごとに話し合ってきました。ジョナスにとって一番耐え難かったのは父親が新しい妻を見つけたことではなく、彼自身私を憎めなかった、つまり、私を好きになったということだそうです。それは母の思い出に対する二重の裏切りに思えたんでしょうね。十四歳の男の子にとって、それは大変な感情的負担だったに違いありません。すべての問題が解決した今でもその傷は確かに残っていると思いますわ。ガールフレンドはたくさんいたんですよ」彼女はさらりと言った。「でもジョナスはだれに対しても積極的になりませんでした。あの子はチャーミングな子、でもいつもどこかで感情を抑制しているんです。彼が恋愛するチャンスはないのかもしれないと、私たち、実は心配し始めていたんですの」

バネッサがコーヒーを運んでくるとジェニファーは話題を変え、ウエディングドレスについて娘に問いかけた。コーヒーのあとジェニファーは着付けを手伝うと言って娘と二階に上がり、そのあいだ、サラはピーターの相手をした。

ピーター・チェスニーは穏やかで感じのいい紳士で、母娘が座を外しているあいだの静けさは少しも不快なものではなかった。彼には子どもっぽいともいえる純朴さがあり、サラはそんな父と、甘さのない精悍《せいかん》なマスクをした息子とを心の中で比較せずにはいられなかった。

サラと同じように、ジョナスも喪失の苦しみを知っていた。ジェニファーの話を信じるなら、ジョナスもまた義理の母とのあいだに複雑な感情を経験している。考えてみれば、その感情はサラが初めてジョナスに会ったときの心の動揺と似てはいないだろうか？　だとしたら、説明さえすれば、あれほど執拗《しつよう》にリックの思い出にしがみついていたわけをジョナスは理解してくれるかもしれない。でもなぜ説明の必要があるだろう？　なんのために？

間もなく生まれてくる子どものため。両親から愛と安定を与えられる権利のある子どものため。愛についていえば問題はないだろう。でも安定は？　すべてを話したからといってジョナスとのあいだに緊密な愛情関係が成立するとは思っていないが、少なくともお互いの理解を深めることはできる。今の不安定な基盤がいくらかでも固まるならば、説明し、理解を求めることに意味があるかもしれない。

でも、そうする勇気があるだろうか？　あんなにも必死にリックの亡霊にしがみついたのはジョナスに強烈に惹《ひ》かれていく自分を恐れたためだと言えるだろうか？　彼への愛を予感したがために、なおいっそう彼を恨み、憎んだのだと告白できるだろうか？

とにかく話すしかない——一時間後、教会に向かって車を走らせながらサラは心に決めた。結婚式が済んでふたりきりになったらすぐに。そう思い決めると、肩から巨大な重荷を降ろしたみたいに気が楽になった。

バネッサの選んだウエディングドレスはシンプルなデザインではあったが、ほっそりした彼女の体形に申し分なくよく似合っていた。教会からの帰途、いとおしげに花嫁を見つめるサムの様子に、サラの胸に羨望《せんぼう》ともあこがれともつかない感情がこみあげてきた。愛する男にあんなふうに見つめられたらどんなに幸せだろう。でもそれはとうていかなわぬ夢、愚かな幻想にすぎなかった。ふとジョナスを見ると、彼はいつもよりいっそう冷ややかで、サラから、そしてすべてから遠ざかっているように思われた。

式後の食事はつつがなく終わった。ジョナスとピーターが言葉を交わすのを見守るサラの胸に悲しみがうずいた。彼らはとてもいい関係を保っているようだ。ジョナスは彼の子どもにどんなふうに接するだろう？　結婚以来、夫婦で子どもの話をしたことは一度もなかった。考えてみればどんなことに関してもまともに話し合った覚えはない。ジョナスは今、うかつに結婚したことを後悔しているのではあるまいか？　しかし決定したのは彼だった。

子どものために。責任回避を潔しとしないまじめさゆえに。親戚《しんせき》でもない老婦人、ミス・ベッツを思いやるような男が、彼自身の子どもに背を向けられるはずもない。

今になってサラは、あんなにあっさりと結婚を受け入れるべきではなかったかもしれないと思い始めていた。でももし拒んでいたら……。

「気分でも悪いのかい？」

物悲しさにとらわれていてジョナスが近づいてきているのに気づかなかった。サラは心配そうな声の響きと肩に置かれた手のぬくもりに泣き出したかった。

「少し疲れただけ」それはうそではなかった。なんの気負いもなく夫の気遣いを受け入れるのがこんなにも心安らぐことだとは思わなかった。

「しばらく部屋で休んだらいい」ジョナスが言った。「じきにみんな帰るだろう」

サラはうなずき、チェスニー夫妻とサムとバネッサに失礼を詫《わ》びると二階に上がった。すぐに下着姿のままベッドに横たわり、うとうとと浅い眠りに入るが、別れを言い合う声、ばたんとドアの閉まる音に目を覚ました。

何分かしてジョナスが階段を上がってきた。

「温室を見に行く前に様子を見に来たんだ。お茶か何かを持ってこようか？」

サラは首を横に振った。喉はからからに渇き、神経はきっちり巻かれたコイルのように張りつめている。でも今話さなければ二度と再びこんなチャンスは来ないかもしれない。

「ありがとう、でも何も欲しくないわ、ジョナス。それよりあなたに話したいことがあるの」

ジョナスは警戒した面持ちでベッドに近づき、その一番端に腰掛けた。

ゆっくりと、つっかえつっかえ、彼らが初めて会った瞬間から今までの苦しみについて、内部の精神的葛藤《かっとう》について、サラは語り始めた。

ジョナスは禁欲的な厳しい顔つきで黙って聞いていたが、サラが話し終えると抑揚のない声でこう言った。「君の言うことはよくわかる。父が再婚したときぼくも同じような経験をしたからね。でも、それがぼくとどんな関係があるのかわからない。リックに対する君の感情をぼくはすでに知っているし、君がリックの代わりにほかのだれかを愛することができないということも知っている」

「いいえ、そうじゃないの！」サラは気がおかしくなったように首を振った。彼は問題の核心をとらえていない。それとも、これではまだ説明が足りないのだろうか？「私が言いたいのは、ジョナス、あなたを愛してるってこと」

彼の表情は一瞬のうちに氷の仮面となった。彼は立ち上がり、窓まで歩くとじっと外を見つめて立った。サラは息をのみ、屈辱感に押しつぶされそうになりながら凍《い》てついた広い背中を見守った。

「いったいなんの目的で今さらそんなことを言うんだ？」振り向いた彼の表情は硬く、グレイの瞳には一片の優しさもない。「ああ、およその見当はつく」妙に静かな言い方である。「欲求不満が高じて大事な信念を捨てる気になった、そうだね？」ポケットに手を突っ込んだ姿勢はいかにもくつろいで見えるが、そこには不思議な緊張が漂っていた。「くどくどくと説明しなくてもぼくらに抱かれたいとはっきり言えばよかったんだ」ジョナスはせせら笑った。「ぼくたちのあいだにあるのは性愛だけだと、我々はとうの昔に合意したはずじゃないか」

サラは思いきり殴られ、地面にたたきつけられたような気がした。その痛みは想像を絶するもので、耐えられる限界をはるかに超えていた。サラは立ち上がる。ここにはいられない、どこかに逃げなければ……。

ドアに向かって走り出したサラはオービュッソン・カーペットに足をとられてよろめいた。ジョナスの素早い動きを目の端にとらえたが、サラはすでにバランスを失い、ドアの縁に頭をぶつけて叫び声をあげていた。

なんの匂《にお》いかしら？　どこかで嗅《か》いだことのある、不安な匂い。どうしても回避したい何かと緊密に結びついた匂い。でも逃げようにもからだが動かない。だれかに押さえつけられているのか、それともそう感じるだけなのか。恐怖がむくむくと湧《わ》き上がる。そうだった、なぜ逃げなければならないのかようやく思い出した。鼻孔にまとわりつくこの匂いは清潔な病院の匂い。考え直したのだと、子どもをおろすつもりはないのだと叫びたい。でもどういうわけか声にはならない。途方もない努力をして目を開けるが、突然の光の洪水にさらされ、サラは再び目をつぶった。

「さあ、落ち着いて、ミセス・チェスニー。何も怖いことはないわ」看護師が優しくほほ笑んでのぞき込んでいる。「あなたはひどい転び方をして少しけがをしただけ、心配しないで」

「転んだ……？」胸の動悸《どうき》が少しずつペースを落としていくのが感じられる。そう、赤ちゃんをおろしに来たわけではないらしい。赤ちゃん。サラはそっとおなかに手を当てた。看護師は転んだと言ったけれど……いきなりすべてがよみがえり、看護師を呼ぼうと枕《まくら》から頭を上げたが、すでに彼女は立ち去っていた。

花が飾られ、テレビが足もとに置いてある。どうやらどこかの病院の個室にいるらしい。ドアが開き、サラは看護師が戻ってきたのだと思って目を上げた。しかしそこに立ったのは看護師ではなくジョナスだった。

顔色がわるく、げっそりしていて、ジョナスはまるで別人のようにやつれ果てている。新たな不安がサラを揺さぶった。

「赤ちゃんは？」

大声で叫んだつもりなのに、その声はほとんど聞き取れないほどか細かった。

ジョナスの表情が明るくなり、彼の焦燥の原因がなんであれ、それが流産ではないことをサラは知った。

「大丈夫だ」ジョナスは少しばかりほほ笑んだ。「幸い母子ともに無事だったから心配しないで。君をここに連れてきたときドクター・ヘザースはいろいろな可能性を考えて調べてくださったが、軽い脳しんとう以外は心配なさそうだと言ってくれた。しばらくはあざが残るだろうが、あれだけひどく頭をぶつけたのだから仕方がないね」

「気がついた瞬間、病院に子どもをおろしに来ているのかと思ったの」彼に話すというより自分自身に言いきかせるように、ゆっくりとサラはつぶやいた。「考え直したのだと叫びたかったけれど、どうしても声が出なくて」サラはその瞳に苦しげな色をたたえ、身震いした。「怖かったわ」

驚いたことに、ジョナスはベッドの縁に腰掛けるとサラを抱き寄せた。

ジョナスは柔らかいウールのシャツを着ており、頬に触れるその感触はこのうえなく快かった。布地を通して温かい肌の匂いが伝わってくる。死ぬまでこうしていたい……こうして彼の胸に顔を埋《うず》め、彼の存在の中で生きていきたい……。いくらかスピードを速めた胸の鼓動が聞こえる。優しく髪を撫《な》でる手の動き。〝これは夢なんだわ、きっと〟サラはぼんやりと考え、突然彼がからだを離すまで、彼女が実際に口に出してそう言ったことに気づいていなかった。

「もう退院してもかまわないと言われているが、もしもう一日ここにいたければ……」

「もう一日？　私、いつからここにいるの？」

「二日前から」ジョナスはサラに背を向け、こもった声でつぶやいた。今しがた乱暴に抱擁を解いた彼にしては意外なほど苦しげな声である。

「あんなことを言うべきじゃなかった」ジョナスは振り向き、そのグレイの瞳をかげらせる苦悩にサラは衝撃を受けた。ほんのつかの間、サラは黄金に輝く希望を見たような気がしたが、彼がこう言うのを聞いて厳しい現実に引き戻された。「運が悪ければ流産していたかもしれないんだ。そんなことになったら……」

「そんなことになったら私と結婚した意味がなくなる、そう？」

ジョナスは顔を曇らしたが、サラが予期した怒りはそこにはなかった。「ぼくを愛していると言ったね。なぜ？」どこか遠くを見るような目つきで彼は言った。

「私たちの関係を、もっとしっかりしたものにしたかったの」

「つまり、現実をいくらかでも耐えやすくするためのうそ？」

うそですって？　心臓が喉もとまでこみ上げてきて息苦しい。彼は無意識のうちに、サラに前言を取り消すチャンスを与えていた。それとも、ふたりが気まずい思いを味わわずに済む解決法を提示しただけだろうか？　そしてこれからもずっと愛されたいと思わないと、遠まわしな言い方でほのめかしたのだろうか？　あれはうそではなかったと、ほんとうに彼を愛しているのだと言いたかった。でもそう言ったところでなんになろう？　頭は刻々とさえわたっていき、サラは愛を告白したときの彼の怒りとあざけりをまざまざと思い出していた。

それでもこれ以上うそをつくことに耐えられそうもなく、サラはどっちつかずの返事を口の中でつぶやいた。「好きなように考えて」

長引く沈黙にサラは目を上げた。額にしわを刻み、彼は考え込んだようにうつむいている。サラは彼のそばに寄り、そのからだに腕をまわし、愛しているとささやきたかった。

そのときドアが開き、看護師が入ってきた。

「さ、そろそろ支度にかかりましょうか？」彼女は明るく言い、ジョナスを追い出しにかかった。「退院の前にドクターがあなたとお話ししたいそうです」看護師はサラに服を渡すとジョナスといっしょに廊下に出た。

家に向かう車の中で、ジョナスはじっと何かを考えている様子だった。彼はサラを抱いて家に入り、居間の長椅子にそっと降ろした。「今朝、サムとバネッサから絵葉書が来ていた」彼はキッチンに向かいながらそう言った。

新婚のカップルはカーリーを連れてハネムーンに行っている。サラはキッチンに消える彼を見送り、こわばったからだを曲げ伸ばしした。

「ミセス・ライアンスは、妊娠中の女性は二人分食べるべきだと信じているらしい」間もなくワゴンを押して戻ってきたジョナスが笑いながら言った。

「二人分どころか二百人分だわ！」サラはびっくりして山のようなサンドイッチとスコーンを見つめた。でも少しも空腹を感じない。にこやかな夫を見上げる妻。事情さえ違ったら彼らが手にしていたかもしれない幸せを演じるのがつらく、サラは手にしたサンドイッチを皿に戻した。いまにもあふれそうな涙で喉が痛い。

「気分がわるいのかい？」ジョナスがすぐに飛んできてサラを見つめ、まだ痛みの残るこめかみにそっと手を触れ、とび色の髪を後ろに撫でつけた。その愛撫《あいぶ》の動機がなんであれ、サラの自制心を敗退させるに十分だった。ずっとそうしていてほしかった。いつまでも続けてほしかった。喉の奥で小さな声をあげ、サラは無防備なまなざしで彼を見上げる。意外にもジョナスはほほ笑んでいた。それは多くの約束をたたえた優しい微笑だった。

ジョナスは長椅子の前にひざまずき、ほっそりした手首を取った。「サラ、ぼくを愛していると言ったのはうそじゃなかったんだね？」

思わぬ問いかけに不意を突かれ、サラは頬を染めて彼を見つめた。

手首をつかむ手に力をこめ、ジョナスは独り言のようにつぶやいた。「愚かな質問だ」温かい息が頬をかすめ、彼は唇を寄せ、からだじゅうの骨が溶けてしまいそうなキスをした。

〝今度こそ後へは戻れない〟サラはぼんやりした頭のどこかで考えていた。今度という今度はジョナスだってサラの愛を信じるしかないだろう。そうであれば抵抗することに意味はない。いずれにしても、サラにとって抵抗は不可能だった。

ジョナスはサラの髪の中に指を走らせ、後頭部をしっかりと支えて唇をむさぼった。

彼が身を引こうとするのを感じて甘美なキスを終わらせまいとしたのはサラのほうだった。しかしジョナスはきっぱりと彼女を離して椅子に座らせた。

ジョナスはさっと立ち上がり、赤くなってうつむくサラを何秒間かじっと見下ろしていた。

「ぼくを愛しているね？」

否定してもむだだということはわかりきっている。「ええ。たぶん、あなたと会った最初のときから。でもこの気持をなんとしても認めたくなかったの。怖くて。ひとを愛したら、いつかまた失う苦しみを味わうことになると思ったから……リックのように」

「わかるよ」

「私の愚かしさを笑っているでしょうね？」

「そう思う？」ジョナスは両手でサラの顔をはさみ、目の奥をのぞき込んだ。「ぼくの顔を見て」

サラは彼を見つめ、グレイの目をきらめかせる情熱の激しさに震えた。ジョナスはうめき、半ば笑いながらサラの名を呼んだ。「ああ、サラ、サラ、今までどんなに苦しんできたか！」

サラはすっぽりと彼に抱かれ、いつか夢で見たような荒々しいキスの嵐に見舞われていた。ジョナスはブラウスの前を押し広げ、首すじといわず肩といわず、がむしゃらに唇を押しつけた。

「愛しているよ、ぼくの大切なおばかさん。出会った瞬間、すっかり君に夢中になってしまったんだ。それなのに君はリック、リック、リック……」

再び唇と唇が重なり、サラは火照るからだをうねらせて彼の敏感な反応を誘った。

「ストップ！」ジョナスは言い、そっとサラのからだを押しのける。「まず話し合おう。愛し合うのはそのあと」

「その反対のほうがよくはない？」サラは幸せそうに言い、隣に座ったジョナスの肩に頭をもたせかけた。

「君がベッドルームから逃げようとしたときぼくがどんな思いをしたか、とても口では説明できない。カーペットに足をとられないように注意しようとしたが、間に合わなかったんだ」

その声に苦しげな響きを聞き取って、サラは彼を見上げた。

「あんなことを口走るべきじゃなかったんだが、あのときのぼくは怒りと嫉妬《しっと》で半ば正気を失っていた。最初君はぼくを愛していないと言った、これからもずっと愛することはないと。そして君を抱いた。君の中に何かを感じたと思ったが、君はぼくをリックと思い込んだだけだった。それを知ってぼくがどんなに苦しんだか、おそらくだれにもわかるまい。それまでは君が愛に傷つくのを恐れるあまり、リックをよろいのように身にまとっているのかもしれないという気はしていた。でもぼくがどう考えようが、君自身が事実を見ようとしない限りどうにもなりはしない。それで、君が落ち着き払ってぼくを愛していると言うのを聞いてひどく腹が立ったんだ。リックは戻ってこない、だからぼくをリックの身代わりにして恋愛ごっこを続けよう——君がそんなふうに考えているとしか思えなかったんだ」

「そうじゃないわ」サラは静かに言った。「あなたがそんなふうに考えるのも無理ないけれど」

「あまりにも唐突だったしね。ぼくたちが結婚するまでリック、リックと言い続けていたのに、突然反対のことを言い出すんだから」

「私の中では突然ではなかったわ。足をくじいたあの夜、あなたを愛していることに気づいたの」サラはグレイのまなざしをとらえて言った。「ほんとうを言うともっと前から気がついていたんだと思う。でもそんな気持をあなたに知られるのが怖かったの。そしてだれかを愛するという不安に心をかき乱されていた。それであなたをリックと思い込んだなんてうそをついたのよ。あなたは私を愛していると言ってくれたわね？　でも私は愛されたくなかった。なぜかわかる？　愛することも愛されることもいずれは悲しみにつながると感じていたから」

「ぼくたちはそれぞれ間違いをおかしたんだ。ぼくは君の受け入れ態勢が整うのを待てなかった。君を失うのを恐れるあまり強引にぼくの方を向かせようとした」ジョナスはまじめな顔つきでサラを見つめた。

「君が初めてだとすぐにわかった。処女性を重んじるのはばかげたことだと知りながら、それでもある種の原始的な喜びを感じなかったと言えばうそになる。その喜びが大きかっただけに、リックの代わりに利用されていたと知ったときの落胆はものすごかった。君がぼくを初めての恋人として受け入れてくれたと有頂天になっていたのに、実はぼくをリックと思い込んでいただけだった——少なくともぼくはそう考えた」

「ほんとうを言うと、あなたに感じるような激しいものをリックに対して感じたことはなかったわ。それでますます不安になったの。あんな気持になりたくなかった……」

「リックを失ったようにぼくを失うのが怖かったからだね？」ジョナスはサラの言葉を補った。「人生にはなんの保証もないが、たとえ将来何が起ころうともぼくたちは今このとき、きを共有している、それでいいじゃないか？」

「ええ」子どもをおろしてロンドンに行っていたら今ごろどうなっていただろう？　サラは思わず身震いし、その思いをジョナスに告げた。

「もし君がロンドンに行ったとしてもぼくの気持は変わらなかっただろう。なんとしても君を捜し出し、ぼくなしでは生きられないんだと説得したはずだ。それにしてもドーチェスターで偶然君と会ったあの日、運命の女神がようやくぼくにほほ笑みかける決意をしたらしいと感じた。ぼくの不注意で子どもができたことはわかったと思っている」ジョナスは神妙に言った。「もっと気をつけるべきだった。でもなぜかあのとき、君が初めてだとは思っていなかったんだ」

「私たち、ちょっと無分別だったわね。でも妊娠を不運なこととは思っていないわ」グレイの瞳に確かな愛を見てサラは喜びに震えた。

「君が転んだときぼくがどんな気持だったか、とてもわかってはもらえないと思う。ぼくの残酷な仕打ちのせいで君が子どもを失うかもしれない――一瞬そんな恐ろしい思いが頭をかすめた。君が流産を望んでいるとぼくは思い込んでもいた。傷つけられたお返しにぼくは君を罵倒《ばとう》した。愛していると言われたってまともにとっちゃいけないと自分で自分に言いきかせた。君が本気でそう言ったのかもしれないと思い始めたのはずっとあと、精神的な落ち着きを取り戻したときだった」

「私の愛を確信したのはいつ？」

「病院で、ぼくを愛していると言ったのはなぜかときいたね？　それが現実を耐えやすくするためのうそかときいたね？　あのときの君の苦しげな表情を見たときにわかったんだ。それに、もちろんこうしたときも」ジョナスはサラを抱き、からかうようなキスをした。

しかし彼はすぐに立ち上がり、熱っぽい光をその目にたたえて手を差し伸べた。

「さあ、行こう」

「どこに？」夕方の水やりに温室に行くのかしら？　サラはいぶかしげに目を上げた。

ジョナスは笑う。「ドクターは退院後二、三日はベッドにいたほうがいいとアドバイスしてくれた。ドクター命令には従わないとね」

「でもジョナス、まだ四時よ！」サラは一応異議を唱えるが、その形ばかりの反対はすてきに甘いキスに封じられた。腕を彼の首にからまし、黒い髪をまさぐり、サラはうっとりと官能的な唇を味わった。彼は唇を離し、サラは温かい胸に顔を埋めて深々とそのぬくもりを吸い込んだ。

ふと目を開けると、ジョナスは燃え立つ欲望を隠そうともせずにじっとサラを見つめている。突然本能の激流にのみ込まれ、彼女はせわしなく息をついてシャツの下に手を滑り込ませた。

「ジョナス……」

その声には閉じ込められた欲求のすべて、愛のすべてが凝縮されている。指先で張りつめた筋肉をなぞり、サラは彼の内部の呼応を感じ取った。ジョナスはサラの顎を持ち上げ、すべての細部を記憶にとどめようとするかのようにその顔を見つめた。

「これ以上愛せないほどに深く君を愛している、サラ」ジョナスはささやいた。「どれほど愛しているか言葉にするのは不可能だし、たとえ可能でも一生かかってしまうだろう。それより君を抱いて、この愛を証明しよう」

無言のまま、サラは彼に手を預けた。これほど幸せだったことはかつてない。

階段をのぼりきったところで立ち止まると、ジョナスはサラの肩に手を置いてきっぱりとこう言った。「もしぼくたちの子どもが男の子だったらリックと名づけよう。思い出のために、そして感謝のために」

「ええ、そうね」サラは感動に声を震わせた。「私のリックへの愛は、初めての恋に酔う少女のそれだと何度かサムに言われたわ。でも大人の恋愛ではなかった。言われたときは頑固に耳を貸そうともしなかったけれど、今思えば兄の言うとおりだったのね。兄はこうも言ったわ、これからの一生彼を悼んで過ごすことをリックは望まないはずだと。ええ、そのことについても兄は正しかった。もちろんリックのことはいつまでも忘れないでしょうけれど、それは失った恋としてではなく、ティーンの女の子が初めて想《おも》いを寄せた相手を淡い思い出の中にいつまでもとどめておくようなかたちで思い出すのだと思うわ。そしていまに、あなたを愛するようにはリックを愛さなかったこと、というより愛せなかったことに後ろめたさを感じることもなくなると思うの」

「ありがとう、サラ」

サラの言葉がジョナスにとってどれほど多くの意味を持っているか、何よりも感情にかすれたその声が物語っていた。しかし柔らかな肌に触れる彼の指先からはそれとは別の感情が伝えられてくる。サラは一切の過去を振り捨て、無言のうちに愛の証明を促して彼を見上げた。

ジョナスは素早くサラを抱き上げて寝室に向かった。ジョナス――彼以上に大切なひとは今後二度と現れることはないだろう。世界一大切な宝。ベッドに横たわり、キスの雨を浴びながら、こうして永遠に夫に寄り添っていたいとサラは願った。

「愛して、ジョナス」唇を重ね合わせてサラはつぶやいた。

ジョナスはそして、どんな言葉より確実に愛を証明してみせた。

●本書は、1988年6月に小社より刊行された作品を文庫化したものです。

甘い果実
2024年2月1日発行　第1刷

著　者　ペニー・ジョーダン

訳　者　田村たつ子（たむら　たつこ）

発行人　鈴木幸辰

発行所　株式会社ハーパーコリンズ・ジャパン
東京都千代田区大手町1-5-1
03-6269-2883（営業）
0570-008091（読者サービス係）

印刷・製本　中央精版印刷株式会社

Printed in Japan © K.K. HarperCollins Japan 2024 ISBN978-4-596-53367-8

1月30日
発売

ハーレクイン・シリーズ 2月5日刊

ハーレクイン・ロマンス

愛の激しさを知る

ギリシア富豪と薄幸のメイド リン・グレアム／飯塚あい 訳
〈灰かぶり姉妹の結婚Ⅱ〉

大富豪と乙女の秘密の関係 ダニー・コリンズ／上田なつき 訳
《純潔のシンデレラ》

今夜からは宿敵の愛人 キャロル・モーティマー／東　みなみ 訳
《伝説の名作選》

嘘と秘密と一夜の奇跡 アン・メイザー／深山　咲 訳
《伝説の名作選》

ハーレクイン・イマージュ

ピュアな思いに満たされる

短い恋がくれた秘密の子 アリスン・ロバーツ／柚野木　菫 訳

イタリア大富豪と小さな命 レベッカ・ウインターズ／大谷真理子 訳
《至福の名作選》

ハーレクイン・マスターピース

世界に愛された作家たち
～永久不滅の銘作コレクション～

至上の愛 ペニー・ジョーダン／田村たつ子 訳
《特選ペニー・ジョーダン》

ハーレクイン・ヒストリカル・スペシャル

華やかなりし時代へ誘う

公爵の許嫁は孤独なメイド パーカー・J・コール／琴葉かいら 訳

疎遠の妻、もしくは秘密の愛人 クリスティン・メリル／長田乃莉子 訳

ハーレクイン・プレゼンツ作家シリーズ別冊

魅惑のテーマが光る極上セレクション

裏切りの結末 ミシェル・リード／高田真紗子 訳

2月15日発売

ハーレクイン・シリーズ 2月20日刊

ハーレクイン・ロマンス

愛の激しさを知る

愛なき富豪と身重の家政婦 シャロン・ケンドリック／加納亜依 訳

花嫁は偽りの愛を捨てられない ミシェル・スマート／久保奈緒実 訳
《純潔のシンデレラ》

孤独な城主と誘惑の9カ月 ジェニー・ルーカス／新井ひろみ 訳
《伝説の名作選》

ボスを愛した罪 サラ・モーガン／山本翔子 訳
《伝説の名作選》

ハーレクイン・イマージュ

ピュアな思いに満たされる

アドニスと飛べない白鳥 スザンヌ・マーチャント／大田朋子 訳

炎のキスをもう一度 エマ・ダーシー／片山真紀 訳
《至福の名作選》

ハーレクイン・マスターピース

世界に愛された作家たち
～永久不滅の銘作コレクション～

さまよう恋心 ベティ・ニールズ／桃里留加 訳
《ベティ・ニールズ・コレクション》

ハーレクイン・プレゼンツ作家シリーズ別冊

魅惑のテーマが光る極上セレクション

千年の愛を誓って ミシェル・リード／柿原日出子 訳

ハーレクイン・スペシャル・アンソロジー

小さな愛のドラマを花束にして…

シンデレラに情熱の花を ダイアナ・パーマー他／松村和紀子他 訳
《スター作家傑作選》